Kai Magnus Sting

Tod unter Lametta

AF274003

Kai Magnus Sting, geboren 1978, schreibt Kurzgeschichten, Hörspiele, Kriminalromane und Kolumnen für Radio und Zeitung und ist Magister der Neueren Deutschen Literaturwissenschaft. Seit über 25 Jahren tritt er auf Kabarettbühnen auf, produziert Live-CDs und Hörspiele und hat für seine Bühnenprogramme zahlreiche Preise gewonnen. Im September 2014 veröffentlichte Sting seinen Erzählband »Immer ist was, weil sonst wär ja nix«. Auch als Autor von Kriminalromanen und -hörspielen (»Leichenpuzzle«, »Die Ausrottung der Nachbarschaft«, »Das ABC des schönen Mordens« u. a.) entpuppt er sich als wahrer Wortakrobat. Zuletzt erschienen die Kriminalhörspiele »Tod unter Gurken 1 & 2« sowie »Tod unter Lametta 1 & 2«. Für »Tod unter Lametta 1« erhielt Sting 2019 den WDR Publikumspreis des Deutschen Hörbuchpreises. Kabarett trifft hier Krimi, und das vom Allerfeinsten!

www.kaimagnussting.de

Kai Magnus Sting

Tod unter Lametta

Weihnachtliche Kriminalgrotesken

Mercator

Inhalt

Gestaltung: media team, Duisburg
Umschlaggestaltung: Annette Sting und media team, Duisburg
Illustrationen Innenteil: Kai Magnus Sting
Illustrationen Titelseite: Heiko Sakurai
Autorenfoto: Harald Hoffmann
Korrektorat: Susanne Nagels
Druck und Bindung: Basis-Druck, Duisburg

Bibliografische Information der Deutschen Bibliothek
Die Deutsche Bibliothek verzeichnet diese Publikation in der Deut-
schen Nationalbibliografie; detaillierte bibliografische Daten sind im
Internet über https://dnb.de abrufbar.

Copyright 2019 by Mercator-Verlag OHG
www.mercator-verlag.de
ISBN 978-3-946895-26-8

Vorwort

Was, wenn jemand mit einem Christstollen erschlagen wird, wenn in den gebrannten Mandeln Sprengsätze versteckt sind, wenn Leute mit Lichterketten erdrosselt werden oder erschossen in Schneemännern enden, und dazu duftet es überall süßlich und alles erstrahlt in festlichem Glanz?

Ja, dann ist doch Weihnachten, das Fest der Gefühle: Hass, Wut, Neid, Missgunst und Völlegefühl.

Und Zwietracht, Grausamkeit, Mord und Barbarei sind auch nicht weit; noch dazu erwacht alle Jahre wieder der gute alte Killerinstinkt.

Doch halt! Besser anders angefangen.

Seit Monaten erreiche ich Friedrichsberg nicht mehr.

Telefoniere ihm hinterher, schreibe ihm Mails, mehrere Briefe; es passiert nichts.

Es ist ein kalter und stürmischer Herbstabend, heftiger Wind peitscht den Regen über Straßen und Dächer, Äste schlagen gegen die Fenster, ab und an huscht eine Fratze am Fenster vorbei. Es ist düsterer als sonst, eine gespenstische Atmosphäre.

Da klopft es auf einmal an der Türe.

Es geht gegen kurz nach 22 Uhr.

Ich mache auf.

Da steht Alfons Friedrichsberg. Im strömenden Regen, klatschnass, aber mopsfidel.

»Das wurde auch Zeit«, brummt er, drückt mich zur Seite, streift sich die dreckigen Schuhe ab und befördert sie mit Tritten in eine Ecke, wirft den nassen Regenmantel hinterher, lässt sich im Wohnzimmer in meinen Ohrensessel plumpsen, fummelt eine Zigarre aus der Innentasche seines Jacketts, beißt eine Ecke ab, spuckt sie in hohem Bogen aus, reißt ein Streichholz an, pafft dicke Kringel und stöhnt auf.

»Was für haarsträubende Angelegenheiten!«, ruft er plötzlich aus.

»Hier wird nicht geraucht«, sage ich.

»Du kannst mich mal!«, gibt er zurück.

Wer Friedrichsberg kennt, weiß, dass jeder weitere Einspruch unnütz ist.

»Hast du noch von dem Cognac?«

»Möchtest du ein Gläschen?«

»Nein. Die ganze Flasche.«

Ein Griff und er hat die Bouteille. Er entkorkt mit dem Mund, verzichtet auf das Glas und setzt an. Mehrere ordentliche Schlucke, dann setzt er ab, verzieht das Gesicht.

»Beim letzten Mal war der Cognac aber besser.«

»Den hast du auch bei der Gelegenheit geleert. Was du jetzt – trinken kann man das ja nicht mehr nennen – in dich reinschüttest, das ist ein Fläschchen, das ich mal ...«

»Uninteressant«, raunt Friedrichsberg, dann: »Ich vernichte es für dich und erbitte mir für meine nächste Visite ordentlicheren Nachschub, danke.«

Er trinkt. Dann setzt er die Flasche ab, pafft einige Male an seiner Zigarre, kratzt sich hinterm linken Ohr und stöhnt auf.

»Wieso habe ich so lange nichts von dir gehört?«

»Ich hatte Besseres zu tun«, bellt Friedrichsberg mich an.

»Aha. Als da wäre?«

»Musste backen.«

»Backen.«

»Zusammen mit Straaten und Dahl. Plätzchen. Auch ein Tütchen?«

»Von deinen Plätzchen?«

»Uraltes Rezept.« Er grient. »Kann ich nur empfehlen.«

»Na gut, gerne, dann muss ich wohl eins nehmen.«

»Schick ich zu. Macht 8,90.«

»Ist das der Kilopreis?«, frage ich erstaunt.

»Nö. Für 100 Gramm.« Jetzt lacht er laut auf.

Ich winke ab.

»Ich habe mich in den letzten Monaten in eine finanzielle und gesellschaftliche Unabhängigkeit gebacken.«

»Ach.«

»Unabhängig war ich ja eh. Aber jetzt kommt dazu noch eine

gewisse Wurschtigkeit.«

»Und wie ist es dazu gekommen?«

Er zieht die Augenbrauen zusammen. Drei Schlucke Cognac, vier Paffungen an der Zigarre: »Das hat mit einem Preisausschreiben, dem Schwarzwald, einem heruntergekommenen Hotel, Schweizern, Asiaten, Amerikanern, Bayern, Röstis, einer Schneeballschlacht, einer Bobfahrt, Karl dem Großen, ja, sogar dem Yeti, aber vor allen Dingen mit einem Zwergstaatenmann zu tun.«

»Moment, Moment, Moment ...«

»Klingt nach viel? War aber nur der zweite Streich. Im Streich davor ging es um Weihnachtsmannmützen, Weihnachtsmannkiller, einen unheimlichen Doktor, sprengende Mandeln ...«

»Ich kann dem nicht mehr folgen.«

»Alles andere hätte mich auch gewundert. Brauchst du's noch mal zum Mitschreiben?«

»Also ... ähm ...«

»Verstehe. Willst du wieder ein Hörspiel draus machen?«

»Tja ... auch ... vielleicht mal ein Buch?! Also das Ganze zum Lesen.«

»Das Hörspiel abgedruckt? Klingt gut. Kannste. Wird aber 'ne lange Geschichte.«

»Von mir aus.«

»Besser: Es werden zwei lange Geschichten. Also ein ziemlich dickes Buch.«

»Bitte.«

Er schüttelt seinen dicken Kopf und streicht sich über den Schnurrbart. »Es sollten beide Male besinnliche – besinnliche! – Weihnachten werden. Nix da! Nur Mord und Totschlag und fieseste Mordpläne, fürchterlichste Spitzbuben und grausamste Mordmethoden.«

»Erzähl schon.«

»Unter einer Bedingung.«

Ich dachte, es würde ihm ums Geld gehen. Für lau machte Friedrichsberg nichts. Noch nicht mal nichts machte er für lau.

Dann schaut er mich aus zu Schlitzen zusammengekniffenen Augen an: »Hast du Bier im Haus?«

Ich stehe wortlos auf und hole zwei Flaschen aus dem Kühlschrank.

»Und was trinkst du?«

Jetzt winke ich ab.

Friedrichsberg streckt die Beine aus, knackt mit den Zehen, stößt noch einmal laut und vernehmlich auf, und dann lässt er zwei seiner furchterregenden Schauergeschichten vom Stapel. Aber es sind Schauergeschichten der Art, dass es mich selbst gruselt. Und dazu gehört schon was. Nämlich Grusel. Und viel Schauder.

Im Laufe der nächsten Stunden musste ich noch öfters an den Kühlschrank, um Nachschub zu holen und Friedrichsberg musste noch die ein oder andere Zigarre anzünden. Und er erzählte seine gruseligen Geister- und Gespenstergeschichten, die so abwegig waren, dass sie sich gut und gerne genau so zugetragen haben könnten. Und ich schrieb alles auf.

Dann, mit einem Male, es ging auf 3 Uhr in der Nacht zu, sprang er aus dem Sessel auf – sofern man mit mittlerweile 138 Kilos noch aufspringen kann – und lallte: »So, ich will nach Hause, der Cognac ist eh alle. Und die Tütchen mit den Plätzchen lasse ich dir postalisch zukommen.«

»Tütchen?!«

»Glaub mir, sie werden dir munden. 8,90 für 100 Gramm.«

Er lachte laut auf.

»Zahlbar innerhalb von vierzehn Tagen, die Firma dankt.«

»Ich denke, Geld ist dir egal.«

»Doch nicht bei Plätzchen! Lass es dir schmecken.«

Was er mir in der Nacht erzählt hat? Zwei weihnachtliche Kriminalabenteuer.

Ich habe mich daraufhin an den Schreibtisch gesetzt und dieses Buch geschrieben. Vor mir auf dem Tisch – neben der Schreibmaschine – eine Liter-Tasse heißer Glühwein mit Schuss, daneben ein Schälchen Weihnachtsgebäck (meine gesamten Vorräte kaufe ich meistens schon im August ein – bevor ich vielleicht zu spät kommen und bereits alles weg sein könnte; selber backen tun wir Anfang Oktober: Spritzgebäck, Lebkuchen, Zimtsterne, Vanillekipferl, Heidesand, Bethmännchen, Schwarz-Weiß-Gebäck,

Stollenkonfekt ... wir kommen gut und gerne auf rund dreißig Kilo Backwerk), eingerahmt von diversen Duftstäbchen (Geruchsrichtung Erzgebirger Tannenwald, Nürnberger Weihnachtsmarkt, Paradiesapfel und Kartoffelsalat/Bockwurst). Und bei der ganzen Schreibarbeit saß ich in einer Art überdimensionaler Schneekugel, die mir immer wieder Schnee über dem Kopf abwarf und um die Nase blies.

Das begleitend, mittags, alternierend: Gänsebraten mit Rotkohl und Klößen, Karpfen blau mit Bratkartoffeln, Rehrücken mit Kroketten, Raclette, Ente mit Semmelknödeln, Topfenschmarren mit Rosinen.

Das hat die Arbeit an diesem Buch sehr erleichtert.

Wie der dicke Friedrichsberg mit seinen beiden Freunden Straaten und Dahl den Weihnachtsmannkillern entkommen konnte? Was es mit dem unheimlichen Doktor auf sich hat? Wie sie in den Bob gekommen sind? Und wieder raus? Wie Friedrichsberg einigen heimtückischen Mordversuchen Widerstand geleistet hat? Wie er der Frage nachgegangen ist, ob es den Yeti wirklich gibt? Und wie Friedrichsberg und seine beiden Freunde zu weltberühmten Plätzchenbäckern geworden sind?

Lesen Sie dieses Buch, dann werden Sie's wissen.

Ich hoffe, dass Sie dabei so viel Spaß haben, wie ich beim Schreiben. Genießen Sie den »Tod unter Lametta« im Advent, an Heiligabend, am Ersten und am Zweiten Weihnachtsfeiertag, zwischen den Jahren, zu Ostern, am Strand oder auf dem Berg in der Sommerfrische oder wann und wo auch immer, auf dass dieses Buch ein Klassiker wird für Weihnachten, dem (siehe oben!) Fest der Gefühle: Hass, Wut, Neid, Missgunst und Völlegefühl.

Und lassen Sie sich bitte nicht abschrecken: Genießen Sie Weihnachten! Passen Sie nur ein bisschen auf sich auf. Vor allem im Umgang mit Lichterketten und gebrannten Mandeln.

Gerade unterm Christstollen.

In diesem Sinne: Wohl bekomm's! Jauchzet, frohlocket!

Ihr Kai Magnus Sting

Tod unter Lametta 1

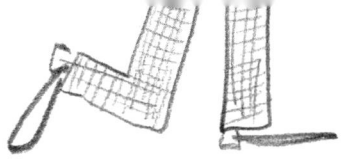

1. Türchen

»Vom Himmel hoch«

ERZÄHLER: Eigentlich fing alles mit einer harmlosen Kutschfahrt an – der Park verschneit, Menschen gingen spazieren, ein Kinderchor intonierte gerade »Vom Himmel hoch…«, da geschah's: Aus heiterem Himmel krachte eine Leiche neben das vorweihnachtsbeduselte Pärchen in die Kutsche.

Parkanlage in Vorweihnachtsseligkeit.

FRAU: schreit!
MANN: Kruzifix, was is' jetzt des?
FRAU: Schatz, ist das die Überraschung, von der du erzählt hast?
MANN: Äh …

ERZÄHLER: Der Mann lag in widernatürlicher Verrenkung zwischen den beiden, sein auf den Rücken gedrehter Kopf grinste sie blöde aus toten Augen an.
FRAU: Wo kommt der denn her?
MANN: Ja, von da oben.
FRAU: Da oben ist aber nichts. Außer dem Himmel.

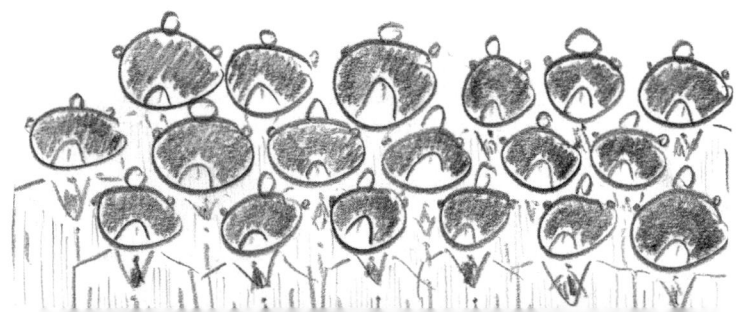

ERZÄHLER: Der Tote hatte eine Weihnachtsmannmütze auf.

MANN: Vielleicht ist er aus seinem Rentierschlitten gefallen.
FRAU: Ha!

ERZÄHLER: Ein mauer Scherz. Inzwischen umringten Spaziergänger das Fuhrwerk. Alles starrte auf den Toten.

EINER: Wie ist der Mann denn umgekommen?
ANDERER: Der ist aus'm Himmel gefallen. In dem ist nichts mehr da, wo es eigentlich hingehört. Der ist Gulasch.
EINER: Aber wer macht denn so was?
ANDERER: Einer, der auf Gulasch steht.

ERZÄHLER: Am Abend desselben Tages – es war der 1. Dezember – saßen die drei Rentner-Freunde Alfons Friedrichsberg, Jupp Straaten und Willi Dahl in ihrer Stammkneipe vor ihren Herrengedecken. Friedrichsberg – hochintelligent, verfressen, versoffen, darüber hinaus Privatier und Hobbydetektiv – strich sich über den Schnurrbart.

In der Stammkneipe.

FRIEDRICHSBERG *grunzt*: Seltsame Sache. Der ist aus dem Nichts in eine Kutsche gefallen?!
STRAATEN: Todesursache?
FRIEDRICHSBERG: Diverse Knochenbrüche, multiples Organversagen, derlei …
STRAATEN: Wo könnte der Tote denn hergekommen sein?
FRIEDRICHSBERG: Ach, Straaten! Aus den Wolken. Und da gibt es zwei Möglichkeiten.
DAHL: Und die wären?
FRIEDRICHSBERG: Kann ich dir sagen, Dahl. Die erste Möglichkeit: Der sitzt im Flieger, muss aufs Klo, drückt die Spülung, und die ist so stark, dass es ihn durchs Klosett in den Luftraum zieht.

STRAATEN: Exitus allerdings dann schon 10 Kilometer weiter oben über der Droschke.

FRIEDRICHSBERG: Ha! Aber da war kein Flugzeug. Niemand hat etwas gesehen oder gehört. Es gibt noch eine zweite Möglichkeit: Heißluftballon.

STRAATEN: Wie?

FRIEDRICHSBERG: Die Haupttodesursache ist der Aufprall und die gesundheitlichen Folgen. Die Nebentodesursache ist der Heißluftballon. Den hört man kaum und man kann von dort oben aus prima Leichen runterwerfen und entsorgen.

STRAATEN: Vielleicht hat der ja vor dem Aufprall noch gelebt.

DAHL: Danach mit Sicherheit nicht mehr.

STRAATEN: Woher hast du das mit dem Toten in der Kutsche eigentlich schon wieder, Friedrichsberg?

FRIEDRICHSBERG: Das hab ich von Frau Büttner, von Blumen Büttner. Und die hat's von Frau Gerlach und die hat's vom Fräulein Scheibe, das schneidet ihr die Haare …

DAHL: Der Büttner?

FRIEDRICHSBERG: Der Gerlach. Und die hat's von ihrem Freund Hendrik …

DAHL: Die Gerlach?

FRIEDRICHSBERG: Das Fräulein Scheibe. Und der Hendrik ist bei der Polizei.

DAHL: Mordkommission?

FRIEDRICHSBERG: Nee, Kantine.

DAHL: Ah.

STRAATEN: Gab es denn sonst irgendwelche Auffälligkeiten?

FRIEDRICHSBERG: Der Tote trug eine rote Weihnachtsmannmütze. Und hatte einen Zettel in der Tasche, da stand drauf: »Verlangen Sie Dr. Borsig!«

2. Türchen

»Am Weihnachtsbaume, die Lichter«

Frühstück bei Friedrichsberg zu Hause in der Küche.

FRIEDRICHSBERG: Ein Weihnachtsmann fällt aus heiterem Himmel in eine Kutsche … *lacht für sich* … heiterem Himmel!

ERZÄHLER: Am nächsten Morgen saß Alfons Friedrichsberg beim Frühstück, dabei geisterte ihm immer wieder die Angelegenheit mit der aus dem Himmel gefallenen Leiche durch den Kopf.

FRIEDRICHSBERG: Dass das mal eine einmalige Geschichte bleibt. Und keine Serie wird.

ERZÄHLER: Doch seine naive Hoffnung wurde alsbald enttäuscht, denn beim Durchblättern der Zeitung fiel sein Blick auf eine Annonce.

FRIEDRICHSBERG: »Wir erfüllen Ihnen jeden Wunsch. Die Todesart bestimmen Sie.«

ERZÄHLER: Um die Frühstücksruhe war's also geschehen. Friedrichsberg schlüpfte in Hut und Mantel und suchte die Redaktion der Tageszeitung auf.

In der Redaktion; Tastaturgeklimper im Hintergrund.

FRIEDRICHSBERG: Morgen.
REDAKTEURIN: Morgen.
FRIEDRICHSBERG: Sagen Sie mal, wer hat denn diese ominöse Annonce aufgegeben?

ERZÄHLER: Die Redakteurin schaute wie faules Obst aus stinkenden Socken.

REDAKTEURIN: Hier werden hunderte Annoncen aufgegeben!

FRIEDRICHSBERG: »Wir erfüllen Ihnen jeden Wunsch. Die Todesart bestimmen Sie.« Hat man ja auch nicht alle Tage, oder?

REDAKTEURIN: Der Weihnachtsmann!

FRIEDRICHSBERG: Was?

REDAKTEURIN: Hat die aufgegeben.

FRIEDRICHSBERG: Nett!

REDAKTEURIN: Sonst noch was?

FRIEDRICHSBERG: Hatte der Weihnachtsmann auch einen Namen?

REDAKTEURIN: Rücken wir nicht raus. Geschäftsvereinbarung.

FRIEDRICHSBERG: Und 'ne Beschreibung von der Type?

REDAKTEURIN: Roter Mantel, rote Mütze, Rauschebart.

FRIEDRICHSBERG: Überrascht mich jetzt nicht!

REDAKTEURIN: Dann würde ich mich jetzt gerne wieder meiner Arbeit zuwenden!

FRIEDRICHSBERG *für sich*: Na, den Weg hätte ich mir auch sparen können.

REDAKTEURIN: Nicht nur den Weg …

ERZÄHLER: Aber wo er jetzt schon mal unterwegs war, beschloss Friedrichsberg, ein paar Weihnachtsbesorgungen zu erledigen.

FRIEDRICHSBERG: Geschenketechnisch … dann habe ich das schon hinter mir.

ERZÄHLER: Er fuhr mit der Bahn weiter in die Innenstadt, um bei »Schirm, Stock und Hut Wuchter« – direkt am Kaiserplatz gelegen – nach einem passenden Geschenk zu suchen.

Im Schirmgeschäft; Ladenglocke ertönt zu Beginn.

FRIEDRICHSBERG: Guten Tag!

WUCHTER: Guten Tag.

FRIEDRICHSBERG: Ich brauche einen Schirm. Als Geschenk.

WUCHTER: Was darf es denn da sein?

FRIEDRICHSBERG: Ein Stockschirm.

WUCHTER: An was haben Sie denn da gedacht?

FRIEDRICHSBERG: An was Preiswertes.

WUCHTER: Farbe, Stoff, Material des Stockes …?

FRIEDRICHSBERG: Unauffällig, vielleicht etwas Kariertes.

WUCHTER: Das Holz?

FRIEDRICHSBERG: Nein, das Holz aus Holz. Der Stoff kariert!

WUCHTER: Umgekehrt wär ja auch Quatsch!

FRIEDRICHSBERG: Sie sagen es!

WUCHTER: Oh …

FRIEDRICHSBERG: Was?

WUCHTER: Da draußen, vor dem Schaufenster … am Brunnen.

FRIEDRICHSBERG: Nein, hier vor Ihnen am Tresen!

WUCHTER: Entschuldigen Sie, aber schauen Sie bitte, da draußen!

ERZÄHLER: Friedrichsberg drehte sich herum und sah auf den Platz. Er erblickte eine fünfköpfige Gruppe Weihnachtsmänner, die etwas Schweres in Richtung Kaiserplatz-Brunnen schleppten.

WUCHTER: Die sind gerade aus dem Auto da vorne gestiegen und die sehen aus … ja, als ob …

FRIEDRICHSBERG: … die etwas Böses im Schilde führten. Was laden die denn da ab? Das sind doch Füße!

ERZÄHLER: Friedrichsberg öffnete die Ladentüre und trat mit der Schirmverkäuferin ins Freie.

Vor dem Schaufenster, dann mitten auf dem Platz vor dem Brunnen.

FRIEDRICHSBERG: Hallo?! He, Sie! Was treiben Sie denn da?

ERZÄHLER: Die Weihnachtsmänner drehten sich verdutzt zu Alfons

Friedrichsberg, beeilten sich nun, in ihr Auto zu gelangen und suchten dann mit quietschenden Reifen das Weite. Zurück ließen sie …

FRIEDRICHSBERG: … eine mit einer Lichterkette erdrosselte Tote.

ERZÄHLER: … die auf ihrem Kopf eine rote Weihnachtsmütze trug. Neben ihr auf dem Boden lag ein Zettel.

WUCHTER: »Verlangen Sie Dr. Borsig!«?
FRIEDRICHSBERG: Langsam hab ich ein ungutes Gefühl.
WUCHTER: Ach … Die kenne ich doch …
FRIEDRICHSBERG: Die Leiche?
WUCHTER: Ja, das ist doch die Leiterin dieser Supermarktkette hier …
FRIEDRICHSBERG: Na, und wenn schon?! Wir haben den Weihnachtsmannkillern bei der Arbeit zugesehen. Und die haben uns gesehen.

WUCHTER: Entschuldigung, was meinen Sie damit?

FRIEDRICHSBERG: Ja, nicht, dass ich bei nächster Gelegenheit von einem Christstollen erschlagen werde. Hm … Das alles hängt doch zusammen: der Tote in der Kutsche, die Leiche in der Lichterkette hier … Und dann diese Annonce.

ERZÄHLER: Friedrichsberg kramte sein Mobiltelefon aus der Innentasche seines Mantels hervor und rief bei der Anzeigenabteilung der Tageszeitung an.

FRIEDRICHSBERG: Sie erinnern sich: der freundliche dicke Herr, der den Auftraggeber von der Mörderanzeige wissen wollte …

REDAKTEURIN: Ich habe Ihnen doch gesagt – Namen sind tabu!

FRIEDRICHSBERG: Sie sagen mir jetzt sofort den Namen von dem Weihnachtsmann, sonst hetz ich Ihnen Knecht Ruprecht persönlich auf den Hals. Also!

REDAKTEURIN: Schon gut, schon gut. Warten Sie mal … Ah ja, da hab ich ihn.

FRIEDRICHSBERG: Und, wie heißt er jetzt?

REDAKTEURIN: Dr. Borsig. Zufrieden?

3. Türchen

»Preiset! Preiset!«

Spaziergang im Schnee.

FRIEDRICHSBERG: Am ersten Dezember hat's einen Toten gegeben und am zweiten Dezember auch. Das wird ein schöner Adventskalender.

ERZÄHLER: Alfons Friedrichsberg, Jupp Straaten und Willi Dahl machten einen ausgedehnten Spaziergang durch den Schnee und grübelten über die Sache.

STRAATEN: Was haben wir denn bisher? Die Supermarkttante, mit einer Lichterkette erdrosselt.
FRIEDRICHSBERG: Und den Mann, der aus dem Himmel gefallen ist.
DAHL: Gibt es denn etwas, das die beiden miteinander verbindet?
STRAATEN: Möglicherweise hatten die eine Affäre, oder er hat bei ihr eingekauft …
FRIEDRICHSBERG: Oder es gibt eben gerade keine Verbindung.
DAHL: Also ein wahllos mordender Serienkiller?
FRIEDRICHSBERG: Warten wir mal den morgigen Tag ab.
DAHL: Ich meine … Gut, die offensichtliche Gemeinsamkeit ist doch diese rote Weihnachtsmannmütze und der Zettel mit diesem Dr. Borsig drauf.

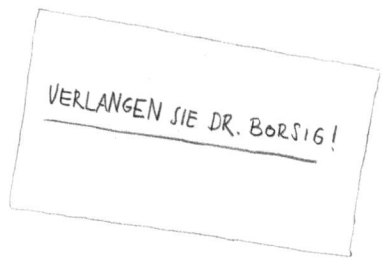

VERLANGEN SIE DR. BORSIG!

STRAATEN: Ja, aber wer ist das? Kennt den einer?

FRIEDRICHSBERG: Also im Telefonbuch habe ich leider keinen gefunden. Jetzt können wir nur hoffen, dass unser Freund Hauptkommissar Heidenreich noch bessere Quellen kennt! Wir können ihm ja gleich mal einen Besuch abstatten.

STRAATEN: Das geht leider nicht. Wir müssen doch noch auf diese
… äh … wir müssen doch noch zu diesem Termin.

FRIEDRICHSBERG: Äh … Termin?!

STRAATEN: Mann, Friedrichsberg!

FRIEDRICHSBERG: Ach, DER Termin! Ja, ja, ich vergaß!

DAHL: Was denn für ein Termin?

STRAATEN: Oh, der ist leider ohne dich!

DAHL: Wie schade!

Im Auktionshaus.

ERZÄHLER: Das Auktionshaus Mumm und Pitz hatte für 16 Uhr zur
weihnachtlichen Adventsversteigerung geladen. Ein Satz Notenblätter war dabei, den Friedrichsberg und Straaten für Dahl erstei-
gern wollten. Die Notenblätter waren die fünfte Position an diesem
Tag, zur vierten betraten Friedrichsberg und Straaten den Saal.

AUKTIONATOR: Wir kommen nun zu einer exklusiven Sammlung
seltener Christbaumkugeln und einem kleinen Päckchen mit
erlesenem Lametta.

STRAATEN: Und? Was meinst du? Wär das was für uns?

FRIEDRICHSBERG: Was denn? Diese goldenen Dinger? Nein, danke.

AUKTIONATOR: Das Startgebot liegt hier bei 14.500 Euro.

STRAATEN: Wie bitte? Wie viele sind das denn? Eine ganze
Lkw-Ladung?

FRIEDRICHSBERG: Hahahahaha …

AUKTIONATOR: Wir bieten in 500er-Schritten. Höre ich ein Angebot? Da sehe ich 14.5, höre ich eine 15? Dort drüben die 15,
die 15 dort drüben, höre ich 15.5?

ERZÄHLER: Und so weiter. Bei 17.000 Euro aber …

AUKTIONATOR: Moment, da kommt ein Angebot über einen Bieter am Telefon … 18.000 Euro für die Christbaumkugeln und das Lametta. Oh, 22.000 vom Herrn dort hinten. 22.000 Euro. Bietet jemand? 24 vom Bieter am Telefon, 24.000. 28.000 Euro vom Herrn da hinten. 28.000 Euro zum Ersten, zum Zweiten … 30.000 Euro vom Bieter am Telefon, 30 zum Ersten, zum Zweiten … 50.000 Euro vom Herrn da hinten, 50.000 zum Ersten, zum Zweiten und zum Dritten! Ich gratuliere.

ERZÄHLER: Eine leichte Unruhe breitete sich im Auktionsraum aus.

FRIEDRICHSBERG: Kurios. 50.000 Euro für so einen Kitsch.
STRAATEN: Wem's gefällt …
FRIEDRICHSBERG: Mich wundert nur, dass der Weihnachtsmann aus der letzten Reihe nicht mitgesteigert hat.
STRAATEN: Der kennt vielleicht eine günstigere Quelle.
FRIEDRICHSBERG: Hahahaha.
AUKTIONATOR: Kommen wir nun zu einem Paket Notenblätter mit Weihnachtsliedern für Violine.
STRAATEN: Na endlich!
AUKTIONATOR: Ja … hm … da starten wir mal mit 4,50 Euro. Ist wer dabei?

ERZÄHLER: Leise Lieder zur Laute waren offensichtlich nicht so gefragt, also hatten sie die Position rasch ersteigert.

AUKTIONATOR: Wir machen nun eine kleine Pause, in fünfzehn Minuten geht es weiter.
FRIEDRICHSBERG: So, bevor wir fahren, bring ich eben noch das Wasser und die beiden Kaffees weg.
STRAATEN: Was bringst du weg?
FRIEDRICHSBERG: Ich muss aufs Klo, Mann.

ERZÄHLER: Auf dem Weg machte Friedrichsberg aber einen kleinen Abstecher zu der Frau am Fernsprecher, die die Bieter-Telefonate annahm.

FRIEDRICHSBERG: Interessehalber: Wer war denn der Bieter von den Christbaumkugeln?
FRAU AM TELEFON: Das kann ich Ihnen nicht sagen.
FRIEDRICHSBERG: Können oder wollen?
FRAU AM TELEFON: Eher dürfen.
FRIEDRICHSBERG: Aha.

ERZÄHLER: Friedrichsberg drückte ihr einen 50-Euro-Schein in die Hand.

FRAU AM TELEFON: Na, hören Sie mal! Sehe ich so aus, als wäre ich bestechlich?!
FRIEDRICHSBERG: Sie haben recht.

ERZÄHLER: Der Dicke drückte ihr also einen weiteren Fuffi in die Hand.

FRAU AM TELEFON: Borsig. Der Mann hieß Borsig. Ein Doktor.

ERZÄHLER: Damit drehte sich Friedrichsberg um und steuerte die Herrentoilette an.

FRIEDRICHSBERG: Dieser Doktor Borsig geht mir gehörig auf die Nerven. Der schreit ja förmlich nach einem Besuch.

Auf der Toilette.

ERZÄHLER: Endlich am Urinal stehend, erblickte Friedrichsberg in der Spiegelwand vor ihm die offen stehende Toilettentüre hinter sich. Dort kniete, mit dem Kopf im Abort: der Auktionator.

FRIEDRICHSBERG: Himmelherrschaftszeiten!

ERZÄHLER: Nachdem der Dicke sauber abgeschüttelt hatte, nutzte er die Gelegenheit, sich den Toten etwas genauer zu besehen.

FRIEDRICHSBERG: Diesmal liegt die Mütze daneben. Und der ominöse Zettel mit der Aufschrift wird sich sicherlich auch noch finden.

ERZÄHLER: Man kann sich den Tumult vorstellen: Erst wurde die Polizei herbeigerufen, dann niemand mehr aufs Klo gelassen – ein paar kostbare Ming-Vasen dienten der Notaufnahme von besonders pressierenden Geschäften.

FRIEDRICHSBERG: Drei Tote in drei Tagen. Zwei davon direkt vor meinen Augen – das nehm ich jetzt persönlich. Und zwar mit Nachdruck.

4. Türchen

»Es kommt ein Bus geladen«

ERZÄHLER: Für Friedrichsberg gab es hier nichts mehr zu tun, also ließ er sich von Straaten nach Hause fahren. Sie hielten gerade an einer Ampel, als ihnen auffiel, dass etwas nicht stimmte.

Im Auto.

STRAATEN: Kann das sein, dass in dem Wagen hinter uns lauter Weihnachtsmänner sitzen?

ERZÄHLER: Friedrichsberg drehte sich um.

STRAATEN: Wie viele mögen das sein?
FRIEDRICHSBERG: Fünf, sechs?
STRAATEN: Und einen freundlichen Eindruck machen die auch nicht.
FRIEDRICHSBERG: Ist grün, fahr mal weiter. Und bieg hier gleich mal rechts ab.
STRAATEN: Da müssen wir gar nicht lang.
FRIEDRICHSBERG: Weiß ich. Mach's trotzdem.
STRAATEN: Gut.
FRIEDRICHSBERG: Und die nächste wieder rechts.
STRAATEN: Wo willst du denn hin?
FRIEDRICHSBERG: Und da hinten wieder rechts.
STRAATEN: Aber was soll das denn? Jetzt sind wir im Kreis gefahren.

FRIEDRICHSBERG: Genau. Und die Weihnachtsmänner hinter uns auch.

STRAATEN: Ja, aber …

FRIEDRICHSBERG: Jetzt tritt mal aufs Gas, die Ampel wird gleich rot.

STRAATEN: Ich fahre schon 60.

FRIEDRICHSBERG: Dann fährst du eben 65!

STRAATEN: Es ist orange!

FRIEDRICHSBERG: Fahr drüber!

STRAATEN: Die … die sind immer noch hinter uns. Was soll ich denn machen?

FRIEDRICHSBERG: Häng die ab!

ERZÄHLER: Was leichter gesagt war als getan. Sobald Straaten beschleunigte, tat es ihm der VW-Bus gleich. Wenn er bremste: dasselbe. Langsam wurde ihm bei der Sache mulmig.

STRAATEN: Die sind immer noch da. Was sollen wir nur machen?

FRIEDRICHSBERG: Auf der Autobahn hängen wir die in ihrem Büsschen ab!

STRAATEN: Hier ist aber keine Autobahn!

FRIEDRICHSBERG: Dann fahr eben zu einer!

ERZÄHLER: Also fuhr Straaten nun stadtauswärts, und so kamen sie durch die alte verlassene Bergarbeitersiedlung.

FRIEDRICHSBERG: Wo fährst du uns denn jetzt hin?

STRAATEN: Ich kenn da eine Abkürzung.

FRIEDRICHSBERG: Bist du wahnsinnig? Die Straßen hier … Moment, ich hab da eine Idee!

ERZÄHLER: Plötzlich schlug eine Kugel in die Rückscheibe.

STRAATEN *schreckt auf:* Was war das denn?

FRIEDRICHSBERG: Ein Pistolenschuss.

Im Folgenden fortgesetzte Kugeleinschläge.

STRAATEN: Sind die wahnsinnig?! Was soll das denn jetzt?
FRIEDRICHSBERG: Ich würde auf Schießerei tippen. Fahr verdammt
   noch mal schneller!

ERZÄHLER: Drei der Rauschebärte hatten die Scheiben des Wagens
heruntergelassen, lehnten sich mit ihren Wummen hinaus und feu-
erten auf das Auto von Friedrichsberg und Straaten.

Eine Pistolenkugel schlägt in den linken Außenspiegel ein.

STRAATEN: Meine Außenspiegel! Die zerlegen mir noch mein ganzes
   Auto.
FRIEDRICHSBERG: Ganz richtig. Und wenn wir uns jetzt nicht beei-
   len, zerlegen die bald auch uns.

ERZÄHLER: Die beiden bretterten durch die holprigen Straßen der
Siedlung.

STRAATEN: Mist, da ging's zur Autobahn!
FRIEDRICHSBERG: Planänderung! Fahr da rein!
STRAATEN: Das ist ein Schotterweg! Da stand: »Befahren nur auf
   eigene Gefahr.«
FRIEDRICHSBERG: Eben!

ERZÄHLER: Die wild um sich schießenden Weihnachtsmänner
schlossen wieder dichter auf.

FRIEDRICHSBERG: Fahr da rechts.
STRAATEN: Willst du uns umbringen? Das ist eine Sackgasse!

ERZÄHLER: Beherzt griff Friedrichsberg ins Lenkrad und zwang den
Wagen in das vermeintliche Niemandsland. Straaten hatte alle
Mühe, seinen Wagen wieder unter Kontrolle zu bringen. Dann

vernahmen sie plötzlich ein lautes Krachen und der VW-Bus hinter ihnen war wie vom Erdboden verschluckt.

STRAATEN: Was war das? Wo sind die hin?
FRIEDRICHSBERG: Die sitzen jetzt eine Etage tiefer.
STRAATEN: Wie: tiefer? Wo tiefer?
FRIEDRICHSBERG: In einem Erdloch.
STRAATEN: Was denn für ein Erdloch?
FRIEDRICHSBERG: Bergbauschäden. Die haben hier alle Risse im Gemäuer, wegsackende Garagen, derlei … Daran hab ich mich erinnert. Unseren Wagen scheint es hier dankenswerterweise noch zu halten, aber der Bus mit den Weihnachtsmännern war wohl ein bisschen überladen.
STRAATEN: Ist denen was passiert?
FRIEDRICHSBERG: Das hoff ich doch. Und wenn du jetzt nicht bremst, dann passiert uns am Ende auch noch was!

Vollbremsung.

STRAATEN: So! Gerettet!
FRIEDRICHSBERG: Vorerst. Wenn du mich fragst, geht die ganze Chose jetzt erst so richtig los.

5. Türchen

»Seht, die gute Zeit ist nah«

Wohnzimmerliche Ehehölle.

HERR LÜTTGE: Was gibt's denn zu essen dies Jahr Heiligabend?
FRAU LÜTTGE: Ich dachte mal, Karpfen.
HERR LÜTTGE: Was denn: Karpfen?!
FRAU LÜTTGE: Ich wollte immer mal Karpfen an Heiligabend.
HERR LÜTTGE: Karpfen?!
FRAU LÜTTGE: Immer gab es Gans, Reh, Sauerbraten, Kartoffelsalat
    mit Bockwürsten …
HERR LÜTTGE: Ich mag keinen Karpfen.
FRAU LÜTTGE: Ich will auch mal, was mir schmeckt.
HERR LÜTTGE: Aber Karpfen!
FRAU LÜTTGE: Ja! Karpfen! Will ich mal!
HERR LÜTTGE: Nee. Also wirklich. Karpfen …
FRAU LÜTTGE: Was hast du denn gegen Karpfen?
HERR LÜTTGE: Karpfen …
FRAU LÜTTGE: Hast du einen besseren Vorschlag?
HERR LÜTTGE: Karpfen …
FRAU LÜTTGE: Kommt ja nichts von dir.
HERR LÜTTGE: Karpfen …
FRAU LÜTTGE: Kannst du noch was anderes sagen außer Karpfen?
HERR LÜTTGE: Karpfen …
FRAU LÜTTGE: Ich werde noch wahnsinnig! Sag doch mal was! Und
    nicht immer nur Karpfen! Ich will dieses Jahr Karpfen!
HERR LÜTTGE: Karpfen …
FRAU LÜTTGE: Ja! Karpfen!
HERR LÜTTGE: Ich versteh's nicht: Karpfen!

ERZÄHLER: Übliche vorweihnachtliche Eheszene. Nur jetzt stand

Frau Lüttge auf, verließ das Wohnzimmer und ihren darin festhockenden Mann, der noch einmal …

HERR LÜTTGE: Karpfen…

ERZÄHLER: … vor sich hin murmelte, nahm das Telefon, ging in die Küche, schloss die Türe, setzte sich an den Esstisch, kramte aus ihrer Hosentasche einen Schnipsel, den sie aus der Tageszeitung ausgerissen hatte und wählte die Nummer, die in der Annonce stand.

TELEFONSTIMME: Guten Tag. Was können wir für Sie tun?

FRAU LÜTTGE: Bin ich da richtig bei »Wir erfüllen Ihnen jeden Wunsch. Die Todesart bestimmen Sie.«?

TELEFONSTIMME: Ja. Wen können wir für Sie umbringen?

FRAU LÜTTGE: Meinen Mann.

TELEFONSTIMME: Wie hätten Sie's denn gerne?

FRAU LÜTTGE: Ich möchte, dass Sie ihm alle Gräten brechen.

TELEFONSTIMME: Ist Ihr Mann Fisch?

FRAU LÜTTGE: Also vom Sternzeichen her. Und heute hat er mit Fisch den Bogen überspannt.

TELEFONSTIMME: Was verstehen Sie unter Gräten brechen?

FRAU LÜTTGE: Dass Sie ihn richtig in die Mangel nehmen.

TELEFONSTIMME: Final?

FRAU LÜTTGE: Gerne.

TELEFONSTIMME: Wann denn?

FRAU LÜTTGE: Noch vor Heiligabend. Dann braucht auch meine Schwiegermutter nicht mehr vorbeizukommen.

TELEFONSTIMME: Gut. Morgen.

FRAU LÜTTGE: Prima. Da geht er vormittags schwimmen. Und was kostet das?

TELEFONSTIMME: Da haben wir gerade ein Weihnachtsangebot. 5.000 Euro.

FRAU LÜTTGE: Hm … Sagen wir 3.

TELEFONSTIMME: Sie verhandeln mit einem Auftragsmörder?

FRAU LÜTTGE: Einen Versuch ist es wert.

TELEFONSTIMME: Auch wieder wahr.

FRAU LÜTTGE: Und?

TELEFONSTIMME: 4.8.

FRAU LÜTTGE: 3.5.

TELEFONSTIMME: 4.5.

FRAU LÜTTGE: 3.6.

TELEFONSTIMME: So geht das nicht. Unter 4.000 gehen wir nicht.

FRAU LÜTTGE: Gut, dann 4 glatt. Also: Dass er mir morgen ja nicht wieder nach Hause kommt. Bis dahin.

TELEFONSTIMME: Wir danken für Ihren Auftrag. Auf Wiedersehen.

ERZÄHLER: Die kaltschnäuzige Entschlossenheit Frau Lüttges' war selbst für einen Auftragskiller überraschend.

HERR LÜTTGE: Karpfen …

ERZÄHLER: … hörte sie noch einmal ihren Mann im Wohnzimmer murmeln, als sie die Wohnungstür vorsichtig hinter sich ins Schloss zog und gelöst die Treppe hinabschritt, um ihrer Lieblingsnachbarin eine Etage tiefer einen Spontanbesuch abzustatten.

6. Türchen

»Süßer die Glocken«

ERZÄHLER: Eigentlich war der Weihnachtsmarkt im Stadtpark durch die Leiche, die aus heiterem Himmel dort eingeschlagen war, schon gebeutelt genug.

Wieder die Parkanlage in Vorweihnachtsseligkeit.

MANN: Schau mal, Schatz, der Schneemann …
FRAU: Was ist mit dem Schneemann?
MANN: Der Schneemann hat was drunter. Ne Jacke.
FRAU: Schneemänner tragen keine Jacken. Die sind aus Schnee.
MANN: Und er trägt einen Handschuh.

ERZÄHLER: Das Pärchen stand vor einem Schneemann, klassische Bauweise, zerbeulter Hut, Möhrennase, aus der mittleren Kugel kamen zwei Schneearme heraus. Einzig: Vom linken Arm war etwas Schnee abgeplatzt und darunter kam dunkler Stoff zum Vorschein.

MANN: Vielleicht eine Vogelscheuche …

ERZÄHLER: Der Mann zog einmal kräftig an dem Handschuh. Die Folge: Eine menschliche Hand wurde sichtbar.

FRAU *erschrickt*: Ahh … Da ist wer in dem Schneemann!
MANN: Den müssen wir da rausholen.
FRAU: Der wird aber doch mit Sicherheit tot sein.
MANN: Das ist denkbar.

ERZÄHLER: Sie nahmen den Schneemann auseinander und brachten so eine darunterstehende tiefgekühlte Leiche zum Vorschein. In der

Stirn hatte sie ein kreisrundes Einschussloch und knapp darüber saß der weißpelzige Rand einer roten Weihnachtsmütze. Schnell fand man heraus, dass unter allen der insgesamt fünf kunstvoll arrangierten Schneemänner im Park Leichen mit Weihnachtsmützen steiffroren. Sämtliche mit Loch in der Stirn. Und jede mit bekanntem Zettel: »Verlangen Sie Dr. Borsig!«

Doch damit nicht genug, noch für eine weitere Niederträchtigkeit war hier im Park gesorgt: Neben den Kaffee- und Glühweinbüdchen gab es auch einen kleinen Stand, der gebrannte Mandeln feilbot. Der Verkäufer, ein nett lächelnder Weihnachtsmann mit wei-

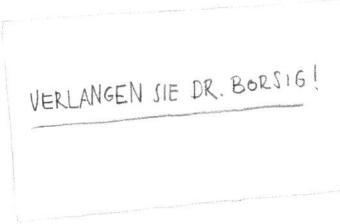

VERLANGEN SIE DR. BORSIG!

ßem Rauschebart, hielt unter seiner Ware auch ein ganz besonderes Tütchen bereit. Es war einem mittelalten Ehepaar mit Rottweiler bestimmt. Die knusprige Köstlichkeit sollte ihnen eigentlich den Fernsehabend versüßen. Doch als die beiden freudig in die Schale griffen und ein paar der verführerischen Kalorienbomben in den Mund steckten, explodierten diese beim ersten Bissen. Und das nicht vor Geschmack!

Explosion.

Unter der karamellbraunen Zuckerschicht verbargen sich winzige Sprengsätze, die ihnen nicht nur die Plomben aus dem Gebiss fetzten. Ruckzuck war der ganze Kragen leergefegt und der kopflose Rest saß weiter ungerührt aufrecht vor dem flimmernden Abendprogramm. Nachdem der Rottweiler den größten Teil der Sauerei aufgeputzt hatte, saß er die weitere Nacht verständnislos vor den reglosen Rümpfen seines ehemaligen Frauchens und Herrchens. Irgendwann begriff auch er und begann herzerweichend zu heulen.

7. Türchen

»Wie der Sack so schwer«

In der Schwimmhalle.

ERZÄHLER: Den Fischverächter Herrn Lüttge fand man solcherart zusammengeschlagen auf dem 3-Meter-Brett der Schwimmhalle, dass das Einzige, was hier noch zum Einsatz kam, die Kiste aus Holz war. Die Weihnachtsmannmütze und der Zettel (Stichwort: Dr. Borsig) waren in die Badehose geklemmt. Einziges zusätzliches Utensil: In seinen Mund hatten der oder die Täter eine Fischkonserve gestopft: Heringsfilets in pikantem Schaschlik-Curry. Wer's mag ... Frau Lüttge war begeistert. Das Inserat (»Wir erfüllen Ihnen jeden Wunsch. Die Todesart bestimmen Sie.«) erfreute sich auch sonst größter Beliebtheit.

TELEFONSTIMME: Guten Tag. Was können wir für Sie tun?
FRITZ: Ja, guten Tag. Sagen Sie, machen Sie auch Gruppen-beseitigungen?
TELEFONSTIMME: Wie bitte? Ich habe Sie nicht verstanden.
FRITZ: Es steht das Weihnachtsgansessen unserer Firma an. Und da will ich nicht hin.
TELEFONSTIMME: Wünschen Sie, dass wir die ganze Firma ...?
FRITZ: Das sind 25 Personen. Krieg ich da einen Mengenrabatt?
TELEFONSTIMME: Es wird pro Nase abgerechnet.
FRITZ: Aber wenn Sie jetzt, sagen wir mal, beispielsweise die Gans vergiften?
TELEFONSTIMME: Ändert nichts an der Zahl der Toten. Außerdem sind da bestimmt Vegetarier dabei.
FRITZ: Oh. Kosten die extra?
TELEFONSTIMME: Die müssten wir anders umbringen. Bei 25 Mann liegen wir bei 125.000 Euro.

FRITZ: Boah! Das ist aber … Mensch …

TELEFONSTIMME: Wir könnten Ihren Chef umbringen.

FRITZ: Den aalglatten Sack? Der joggt jeden Morgen zur Arbeit und jeden Abend zurück.

TELEFONSTIMME: Den können wir morgens beim Hinjoggen abfangen, dann kommt der in den großen Nikolaus-Sack.

FRITZ: Und das kostet mich dann nur …

TELEFONSTIMME: Nur noch 5 Riesen.

FRITZ: Aha. Geht auch Ratenzahlung?

TELEFONSTIMME: Wir danken für Ihren Auftrag. Auf Wiedersehen.

FRITZ: Hallo? Jetzt hat er aufgelegt.

ERZÄHLER: Wie jeden Morgen joggte Hans-Malte Jessen an der Ruhr entlang zur Arbeit. Eigentlich hätten ihn die vier Weihnachtsmänner, die mit ihm an der Ampel warteten, misstrauisch machen müssen. So aber wurde er betäubt, bekam die obligatorische Weihnachtsmannmütze aufgesetzt und den bekannten Beipackzettel, um dann in einen großen, mit Steinen beschwerten Sack gepackt zu werden. Hans-Malte Jessen verpasste leider das alljährliche Gansessen, während er sanft auf dem Grund der Ruhr vor sich hindümpelte. Und so teuer kam die Mord-Aktion den Auftraggeber dann auch nicht: Die Kollegen schmissen zusammen.

8. Türchen

»Alle Jahre wieder«

ERZÄHLER: Seit nunmehr 25 Jahren kommt traditionell am 8. Dezember zum Weihnachtsessen die Familie Bulenda zusammen. Mutter Bulenda steht zwei Tage lang in der Küche, die Gans wird mit der nötigen Ruhe zubereitet (Stichwort: Niedertemperatur!), die Knödel handgeformt, der Rotkohl selbsthobelt, der Rosenkohl fein mit Muskat abgeschmeckt, das Apfelmus stückig eingekocht und ein edler Rotwein schon mittags (zum Atmen!) in eine Kristallkaraffe dekantiert. So sollte es auch im 26. Jahr sein. Doch als am Morgen nach dem erwarteten Gelage die Zugehfrau die Haustüre aufschloss, saß die ganze Familie Bulenda, insgesamt sechs Personen, noch am gedeckten Tisch, mit dem Gesicht in den Resten der Vorspeise auf den Tellern: alle mausetot. Die Hundedame Ophelia hatte ebenfalls alle Viere von sich gestreckt. Ein schauerliches Bild. Dazu trugen alle rote Weihnachtsmannmützen. Und an dem Kerzenständer in der Mitte des Tisches lehnte ein Zettelchen: »Verlangen Sie Dr. Borsig!«

Brodelnde Töpfe, zischende Pfannen, ein Feuermelder piept traurig vor sich hin.

STRAATEN: Und woran sind die gestorben?

FRIEDRICHSBERG: Klassische Pastetenvergiftung. Irgendjemand hat eine giftige Substanz in die Sauce Cumberland gerührt.

DAHL: Dann muss das einer aus der Familie gewesen sein.

FRIEDRICHSBERG: Wer denn? Sind doch alle tot. Und wenn, dann muss das giftmischende Familienmitglied selbstmörderische Absichten gehabt haben.

DAHL: Hätte denn ein möglicher Täter ungesehen ins Haus kommen können?

STRAATEN: Das Haus ist ebenerdig? Mit Garten? Terrasse?

FRIEDRICHSBERG: Kann ich alles nur bestätigen.

STRAATEN: Was haltet ihr hiervon: Das Haus wird vom Garten aus beobachtet, die Terrassentüre steht zum Lüften auf, die Familie deckt im Esszimmer ein, der Mörder schleicht sich in die Küche, vergiftet Pastete und Sauce und schleicht wieder raus.

FRIEDRICHSBERG: Könnte sein.

STRAATEN: Aber warum?

FRIEDRICHSBERG: Ich war heute bei Zigarren Prengel. Heute morgen. Und der hat heute früh mit Frau Büttner von Blumen Büttner gesprochen. Die hat mit ihrer Cousine telefoniert. Und die hat doch den Friseursalon Kalterscheid. Heute Morgen war bei der ein gewisser Dr. Taube, der mit dem Bruder von Vater Bulenda befreundet ist.

STRAATEN: Ja und?

FRIEDRICHSBERG: Die beiden Brüder Bulenda sind sich spinnefeind seit dem Tod der Großeltern. Geldgeschichten. Erbe. Unterschlagene Wertgegenstände und so weiter. Die wünschen sich gegenseitig die Pest an den Hals.

DAHL: Und?!

FRIEDRICHSBERG: Der eine Bruder war wohl schneller.

STRAATEN: Womit?

FRIEDRICHSBERG: Mit dem Inserat: »Wir erfüllen Ihnen jeden Wunsch. Die Todesart bestimmen Sie.«

STRAATEN: Der hat seine ganze Familie umbringen lassen?

FRIEDRICHSBERG: Dr. Taube hat gesagt, der Bruder ist seit ein paar Tagen in der Stadt. Hat geflucht und geschimpft. Bis er in der Tageszeitung über etwas gestolpert ist, was seine Stimmung schlagartig aufgehellt hat.

STRAATEN: Die Annonce?

FRIEDRICHSBERG: Wäre eine Möglichkeit. Und zu dem Bild passen ja auch die Weihnachtsmützen und die Visitenkarten mit der Aufschrift:

ALLE: »Verlangen Sie Dr. Borsig!«

9. Türchen

»Funkel, funkel, kleiner Stern«

Die Herrenrunde.

STRAATEN: Apropos aufgehellt … Habt ihr das von dem Hausschmücker gelesen heute Morgen?

FRIEDRICHSBERG: Ja, ein Weihnachts-Freak hat die Fassade seines Hauses komplett mit einer Lichterkette eingekleidet, auch die Hecken, Bäume und Sträucher und so weiter.

STRAATEN: Und dann hat wohl jemand die Lichterkette an den Starkstrom angeschlossen.

DAHL: Absichtlich?

FRIEDRICHSBERG & STRAATEN *bejahend*: Hmhm.

FRIEDRICHSBERG: Es hat wohl laut gezischt, der Mann hatte im wahrsten Sinne des Wortes eine kurze Erleuchtung und löste sich dann in einer Wolke von Wohlgefallen auf.

STRAATEN: Und die Weihnachtsmütze?

FRIEDRICHSBERG: Hat nichts abbekommen!

DAHL: Und wieder der Zettel?

FRIEDRICHSBERG: Ja, »Verlangen Sie Dr. Borsig!«

STRAATEN: Vor zwei Tagen fand man in einem Café eine tote Frau, auch mit Zettel und Mütze.

FRIEDRICHSBERG: Ach. Und wie ist sie dahingerafft worden?

STRAATEN: Durch Dekoration.

FRIEDRICHSBERG *kichert*: Ich hab heute in der Zeitung gelesen, dass jemandem sein Christbaumschmuck geklaut worden ist. Also Kugeln und Lametta.

DAHL: Was war denn jetzt mit der Frau aus dem Café?

STRAATEN: Also, die dekoriert und holt aus einem Karton so einen Weihnachtsstern.

DAHL: Auch Starkstrom?

STRAATEN: Nein, hier hatte der Täter die Spitzen des Sterns vergiftet. Die Frau piekst sich, das Gift gelangt in die Blutbahn und keine Minute später bricht sie tot zusammen.

FRIEDRICHSBERG: Na, wenigstens hatte sie einen schönen Tod.

DAHL: Wieso?

STRAATEN: Schön dekoriert.

FRIEDRICHSBERG: Ist doch alles sehr absonderlich: Weihnachtsmänner mit Rauschebärten und Sonnenbrillen, die durch die Gegend ziehen und erdrosseln, ertränken, erschießen, erwürgen …

STRAATEN: Was führen die im Schilde? Jeden Tag mindestens eine neue Leiche. Wer kommt denn auf so was?

FRIEDRICHSBERG: Das weiß ich noch nicht. Aber ich werde es rauskriegen.

STRAATEN: Und wer ist dieser Dr. Borsig?

FRIEDRICHSBERG: Noch immer keine Spur von dem … Kriminalhauptkommissar Heidenreich tappt weiter im Dunkeln.

DAHL: Aber was verbindet sonst die Toten?

FRIEDRICHSBERG: Vielleicht müssen wir uns, um an Informationen zu kommen, einen Zugang zu den Wohnungen der Toten beschaffen.

STRAATEN: Du willst bei denen einbrechen? Das ist strafbar!

FRIEDRICHSBERG: Dann bleibt nur noch der Radikalansatz!

DAHL: Das klingt nicht gut.

STRAATEN: Wie sieht der aus?

FRIEDRICHSBERG: Wir melden uns auf die Annonce.

STRAATEN: Und wen willst du umbringen lassen?

FRIEDRICHSBERG: Dich. Probehalber.

STRAATEN: Was, mich?! Bist du von Sinnen?!

FRIEDRICHSBERG: Ja, wen soll ich denn sonst nehmen?

STRAATEN: Wann willst du das denn machen?

FRIEDRICHSBERG: Morgen.

10. Türchen

»O Tannenbaum«

ERZÄHLER: Das Kaufhaus Schaber und Nack, nunmehr in sechster Generation geführt, war eines der ersten Häuser am Platze und feierte vor zwei Jahren seinen 150. Geburtstag. Von folgendem Ereignis allerdings sollte sich das Haus so schnell nicht wieder erholen.

Kaufhaus in Weihnachtslaune. Es klopft.

SCHABER: Herein!

ERZÄHLER: Edmund Schaber saß hinter seinem großen Mahagoni-Schreibtisch, las die Tageszeitung und trank einen Espresso, als es an der Türe klopfte.

NACK *panisch*: Edmund, es ist etwas passiert.

ERZÄHLER: Es war Jean Nack.

SCHABER: Was ist denn passiert, Jean?
NACK: Unsere Schaufensterpuppen ...
SCHABER: Was ist mit denen?
NACK: Die sind alle nackt. Also fast.
SCHABER: Was soll das heißen?
NACK: An ihnen kleben kleine rote Zettel.
SCHABER: Und ... was steht da drauf?
NACK: Ein Gedicht. Sollen wir die Polizei rufen?
SCHABER: Bloß keine Polizei! Die können wir hier Weihnachten nicht gebrauchen! Nein, wir rufen meinen alten Freund Alfons Friedrichsberg an.
NACK: Ah. Verstehe. Wiedersehen.

ERZÄHLER: Als Friedrichsberg eintraf, sah er schon von Weitem die mit Gedichten versehenen nackten Schaufensterpuppen; ein höchst skurriles Bild.

FRIEDRICHSBERG: Steht auf jedem Zettel derselbe Reim?

SCHABER: Ja.
FRIEDRICHSBERG: Zeig mal her, bitte. »Wenn die Tanne blutig blaut, / und der Schnee zum Tauen taugt, / wird der tote Weihnachtsmann zur Zier. / Und das am Türchen mit der Vier.«

ERZÄHLER: Es klopfte, dann schwang schon die Türe auf und Jean Nack eilte herein.

NACK: Gestatten, Nack.
FRIEDRICHSBERG: Jacques?
NACK: Nein, Nack.
FRIEDRICHSBERG: Vorne?
NACK: Jean.
FRIEDRICHSBERG: Nicht Jacques Nack?
NACK: Das war mein Vater. Jacques Nack.
FRIEDRICHSBERG: Und Sie?
NACK: Nur Nack.
FRIEDRICHSBERG: Aber nicht Jacques.
NACK: Jean.
FRIEDRICHSBERG: Und Ihre Frau?
NACK: Doppelname. Nack-Prack.
FRIEDRICHSBERG: Stellen Sie sich mal vor, bei Ihrem Vater: Jacques Nack-Prack. Na, gute Nackt!

NACK: Unser Sicherheitspersonal hat etwas entdeckt. Wollt ihr … wollt ihr bitte mal mitkommen?

ERZÄHLER: Im Erdgeschoss befand sich der große Weihnachtswald: Eine mit echten Tannen und Kunstschnee aufgebaute Szene, in deren Mitte ein großer, festlich geschmückter Weihnachtsbaum stand. Und dort lag, am Fuße der Feierfichte, eingeschneit von Kunstschnee, ein toter Weihnachtsmann.

SCHABER: Das ist ein Skandal! Das ist ein Skandal!
FRIEDRICHSBERG: Kennst du den?
SCHABER: Ja. Das ist der Weihnachtsmann!
FRIEDRICHSBERG: Der unterm Kostüm …
SCHABER: Oh, mein Gott! Das ist der Finanzminister!
NACK: Was macht der denn da?
FRIEDRICHSBERG: Tot da liegen.
SCHABER: Das ist doch geschäftsschädigend.
FRIEDRICHSBERG: Der gute Mann ist mit einem Schlitten überfahren worden. Jedenfalls deuten die Kufenabdrücke auf seinem Rücken darauf hin.
SCHABER: Da liegt ein Zettel …
FRIEDRICHSBERG: Lassen Sie mich raten: »Verlangen Sie Dr. Borsig!«

11. Türchen

»Morgen, Kinder, wird's was geben«

ERZÄHLER: Jupp Straaten stand mit Willi Dahl und Alfons Friedrichsberg am Rande des liebevoll dekorierten Weihnachtswaldes, als der ministeriale Weihnachtsmann von zwei Bestattern abtransportiert wurde.

Weihnachtswald im Kaufhaus.

FRIEDRICHSBERG: So. Kassensturz. Wie viele Tote haben wir denn bis jetzt?

STRAATEN: Zählen wir mal der Chronologie entgegen: der frisch mit einem Schlitten überfahrene Finanzminister, die Frau aus dem Café, der selbsterleuchtete Hausschmücker, die vergiftete Familie Bulenda, der ertränkte Firmenchef Jessen, der zusammengeschlagene Herr Lüttge, das weggebombte Ehepaar, fünf Kopfschuss-Tote in Schneemännern, der ersäufte Auktionator, die erdrosselte Frau und der Tote vom Himmel.

DAHL: Macht summa summarum einundzwanzig.

STRAATEN: Aber was verbindet die jetzt?

DAHL: Keine Ahnung.

STRAATEN: Wer waren die Toten in den Schneemännern?

DAHL: Banker.

FRIEDRICHSBERG: Hat sich das also gelohnt.

DAHL: Dieser Herr Lüttge?

STRAATEN: Pensionär.

FRIEDRICHSBERG: Kann Grund genug sein.

DAHL: Das Ehepaar?

STRAATEN: Dinky.

DAHL: Dinky?

STRAATEN: Double income, no kids.

DAHL: Du liest zu viel ausländische Zeitungen!

STRAATEN: Ich lese wenigstens überhaupt irgendwas!

FRIEDRICHSBERG: Ruhig Mädels, sonst gibt's nachher wieder Tränen. Und jetzt lasst uns doch mal bei den Dinkys umschauen.

STRAATEN: Und wie willst du da reinkommen?

ERZÄHLER: Die Frage hielt Alfons Friedrichsberg nicht mehr auf. Keine Stunde später waren sie drin.

In den Resten des Hauses des weggebombten Ehepaares.

FRIEDRICHSBERG: Was gebrannte Mandelbomben alles anrichten können …

DAHL: Wonach suchen wir denn?

FRIEDRICHSBERG: Nach irgendwas. Wer findet, der findet.

ERZÄHLER: Und so stöberten die drei durch das Erdgeschoss: Küche, Schlaf-, Ess-, Wohnzimmer.

DAHL: Gibt's vielleicht einen Safe?

FRIEDRICHSBERG: Hier! Aber unberührt!

STRAATEN: Hat jemand Lust auf Griechisch?

FRIEDRICHSBERG: Altes Ferkel!

STRAATEN: Ich meine Essen. Hier an der Pinnwand im Flur hängt so ein Flyer. Vom Griechen. Ouzo aufs Haus und so.

FRIEDRICHSBERG: Die Herrschaften hier haben kein Haus mehr. Oder anders: Resthaus schon, aber das Resthaus hat keine Besitzer mehr.

STRAATEN: Das gibt's doch nicht.

DAHL: Was?

STRAATEN: Hier hängen noch zwei Zettel.

FRIEDRICHSBERG: »Wir erfüllen Ihnen jeden Wunsch. Die Todesart bestimmen Sie.«

STRAATEN: Meinst du, die haben sich auf die Anzeige gemeldet? Und er hat sie und sie hat ihn umbringen lassen?

FRIEDRICHSBERG: Und der Tod kam zeitgleich? Möglich.

DAHL: Und der zweite Zettel?

STRAATEN: Hier …

ALLE: »Verlangen Sie Dr. Borsig!«

DAHL: Äh … aber die Weihnachtsmannmütze …?!

FRIEDRICHSBERG: Nun ja, eine Mütze kann man denen nicht mehr aufsetzen.

STRAATEN: Und jetzt?

FRIEDRICHSBERG: Die Taten hängen alle zusammen. Aber wie? Wo? Warum? Weshalb? Und vor allen Dingen: Wozu?

STRAATEN: Schaut mal hier: eine Einladung. Zu der Weihnachtsauktion, bei der wir auch waren.

FRIEDRICHSBERG: Das ist eine Verbindung. Die beiden haben eine Einladung zur Auktion, wir waren da, den Auktionator hat's erwischt …

STRAATEN: Und nun?

FRIEDRICHSBERG: Fragen wir nach, ob die restlichen Toten auch eine Einladung zur Auktion hatten.

12. Türchen

Befragungscollage.

FRIEDRICHSBERG: Jungs, versuchen wir's doch mal mit klassischer Polizeiarbeit: Treten wir den Angehörigen mal ein bisschen auf die Füße.

ERZÄHLER: Also befragten die drei Hobbydetektive die Hinterbliebenen.

A: Sie wollen sich hier umschauen? Warum das denn? … Ach, Sie ermitteln. Na, bitte, bitte …

B: Ich kenne die anderen Opfer nicht, es tut mir leid.

C: Ob es da eine Verbindung gibt?

D: Was? Eine Einladung? Zu was denn? Einer Auktion? Ja, schauen Sie mal … hier …

E: Die sind nie zu so was hin. Auktion … Was sollen die denn da? Obwohl … Warten Sie mal …

F: Klar, hier. Die hat jede Auktion mitgenommen.

FRIEDRICHSBERG: Das ist der gemeinsame Nenner: Alle Toten hatte eine Einladung zu dieser Auktion. Wer hat denn die Einladungen verschickt?

STRAATEN: Also als Absender steht da »Agentur Freudenreich«.

DAHL: Aber warum verschickt man denn Einladungen und bringt dann die Eingeladenen nacheinander um?

FRIEDRICHSBERG: Vor allen Dingen: An wen sind die noch verschickt worden? Wir müssen dem Auktionshaus einen Besuch abstatten, zunächst aber der Agentur.

FREUDENREICH: Was wollen Sie jetzt von mir?

FRIEDRICHSBERG: Eine Adressliste mit all jenen, denen Sie eine Einladung geschickt haben, Frau Freudenreich.

FREUDENREICH: Datenschutz?

FRIEDRICHSBERG: Da pfeif ich drauf. Ein Anruf genügt und die Bullen stürmen Ihre Bude und krempeln die so auf links, dass Sie sich auf Ihre nächste Darmspiegelung freuen. Also: Liste her!

FREUDENREICH: Bei der Auktion kam die Einladungsliste vom Haus.

ERZÄHLER: Konstantin Pitz saß im ersten Stock seines Auktionshauses hinter einem großen Schreibtisch, nippte an einem bernsteinfarbenen doppelten Whisky. Die rauchigen Torfnoten schwappten bis zu Friedrichsberg und setzten augenblicklich einen kleinen Schwindel frei.

Im Auktionshaus.

FRIEDRICHSBERG: Wir brauchen alle Namen.

PITZ: Hahahaha … Sie sind gut. Unsere Kundschaft ist doch vogelfrei.

FRIEDRICHSBERG: Die meisten der bisherigen Toten hatten eine Einladung zu einer Auktion in Ihrem Haus.

PITZ: Oh.

FRIEDRICHSBERG: Also?!

PITZ: Nun gut, Sie bekommen die Liste.

FRIEDRICHSBERG: Na, geht doch.

PITZ: Eine tragische Geschichte. Jetzt hat's auch noch den Minister erwischt … Ein unangenehmer Zeitgenosse. War regelmäßiger Gast in unserem Hause. Wie Gundolf Buster.

FRIEDRICHSBERG: Gundolf Buster?

PITZ: Ja, der Mann, der vom Himmel fiel.

FRIEDRICHSBERG: Ah.

PITZ: Ein liebenswerter Kerl. Tragisches Ende. Die beiden waren oft hier. Wie auch Lore von Klausewitz, Otmar Köster und Hubertus Löwenstein. Regelmäßige, solvente Besucher. Die müssen auch eine Einladung bekommen haben. Ach, und noch einer wäre da, den hätte ich fast vergessen.

FRIEDRICHSBERG: Und wer ist das?

PITZ: Sagt Ihnen der Name Dr. Borsig etwas?

13. Türchen

»Herbei, o ihr Bieter«

ERZÄHLER: Immerhin hatte Friedrichsberg jetzt eine Namensliste mit bereits Toten und solchen, die es bald sein könnten.

Bei Lore von Klausewitz.

KLAUSEWITZ: Wer sind Sie?

FRIEDRICHSBERG: Friedrichsberg, Alfons Friedrichsberg.

KLAUSEWITZ: Na und?

FRIEDRICHSBERG: Frau von Klausewitz, ich ermittle in der Weihnachtsmann-Mordserie. Und meine einzige Spur ist eine Einladung zu einer Auktion.

KLAUSEWITZ: Und wie kann ich Ihnen da helfen?

FRIEDRICHSBERG: Sie sollen einen Blick auf diese Liste werfen.

KLAUSEWITZ: Zeigen Sie mal … Kenn da keinen von. Und die sind tot?

FRIEDRICHSBERG: Teilweise.

KLAUSEWITZ: Mich interessieren Tote nicht.

FRIEDRICHSBERG: Also kannten Sie keinen?

KLAUSEWITZ: Guter Mann, wir kennen uns noch keine Minute, aber Sie gehen mir jetzt schon gehörig auf die Nerven. Die einzigen, die ich regelmäßig bei Mumm und Pitz treffe, das sind der alte Köster und Hubertus Löwenstein. Der Rest ist uninteressant. Bei Auktionen geht es allein um den Gegenstand. Da ist der Mensch nur im Weg.

FRIEDRICHSBERG: Und deswegen räumen Sie die immer aus dem Weg?

KLAUSEWITZ: Hätte ich das mal gemacht mein Leben lang. Mir wäre einiges erspart geblieben.

ERZÄHLER: Von Klausewitz zu Löwenstein. Friedrichsberg fühlte sich in die Zeiten der preußisch-napoleonischen Kriege zurückversetzt.

Bei Hubertus Löwenstein.

LÖWENSTEIN: Und Sie meinen also, wir sind alle dem Tode geweiht?

FRIEDRICHSBERG: Das sowieso.

LÖWENSTEIN: In dieser Hinsicht haben Sie vollkommen recht.

FRIEDRICHSBERG: Herr Löwenstein, Sie sind oft Gast des Auktionshauses. Sind Sie in den letzten Tagen bedroht worden?

LÖWENSTEIN: Nein, keinerlei Bedrohung.

FRIEDRICHSBERG: Haben Sie etwas ersteigert bei der letzten Auktion?

LÖWENSTEIN atmet schwer aus: Auch nicht. Fühlte mich nicht besonders an dem Tag. Bin zu Hause geblieben.

FRIEDRICHSBERG: Wenn ich mich bei Ihnen so umschaue … Sie scheinen ein Sammler zu sein.

LÖWENSTEIN: Liebhaber und Sucher, das ist es, was ich bin.

FRIEDRICHSBERG: Was man Ihrem Heim durchaus ansieht.

LÖWENSTEIN: Nächstes Mal gewähre ich Ihnen eine private Führung durch meine Schatzkammern.

FRIEDRICHSBERG: Und wer weiß, worüber man da alles stolpern kann.

14. Türchen

»Wir sagen euch an …«

ERZÄHLER: Friedrichsberg gab Straaten am Telefon einen kurzen Zwischenbericht seiner Ermittlungen.

Küche von Friedrichsberg.

STRAATEN *über Telefon*: Du bist schon mit der Einladungsliste von diesem Auktionshaus durch?

FRIEDRICHSBERG: Zum Teil, alles sehr seltsame Gestalten. Herr Löwenstein … Frau Klausewitz, den Dritten im Bunde, diesen Köster, den habe ich noch nicht angetroffen.

STRAATEN *über Telefon*: Und ist dieser ominöse Dr. Borsig auch wieder aufgetaucht?

FRIEDRICHSBERG: Seit Jahren steht der auf den Einladungslisten des Auktionshauses, aber Pitz hat ihn noch nie zu Gesicht bekommen.

STRAATEN *über Telefon*: Und was ist mit der Annoncensache? Du wolltest dich doch da melden.

FRIEDRICHSBERG: Ah, vergessen. Da rufen wir später an, wenn ihr zum Herrenabend vorbeischaut …

ERZÄHLER: So saß Alfons Friedrichsberg also später mit Straaten und Dahl an seinem Küchentisch und paffte dicke Rauchkringel an die Decke. Ganz wohl war dem Dicken nicht in seiner Haut …

FRIEDRICHSBERG: Ich rufe da jetzt an und lass mich pro forma umbringen.

STRAATEN: Da bin ich jetzt aber beruhigt!

DAHL: Wieso das jetzt?

STRAATEN: Zuerst wolltest du ja noch mich als Opfer ausloben …

FRIEDRICHSBERG: Planänderung, die kennen mich ja jetzt schon. Und wenn ich mich da melde, wissen sie, dass ich sie, also die Weihnachtskiller, und das Inserat zusammengebracht habe. Ich versuche, denen eine Falle zu stellen.

DAHL: Und dann?

FRIEDRICHSBERG: Improvisiere ich … *wählt eine Rufnummer.*

TELEFONSTIMME: Guten Tag, was können wir für Sie tun?

FRIEDRICHSBERG: »Wir erfüllen Ihnen jeden Wunsch. Die Todesart bestimmen Sie.«

TELEFONSTIMME: Um wen geht es?

FRIEDRICHSBERG: Um mich.

TELEFONSTIMME: Wer darf's sein?

FRIEDRICHSBERG: Ich möchte, dass Sie mich umbringen.

TELEFONSTIMME: Selbstmorde erledigen wir nicht.

FRIEDRICHSBERG: Das ist kein Selbstmord. Ich beauftrage Sie, mich zu töten.

TELEFONSTIMME: Und warum?

FRIEDRICHSBERG: Ich bin mich leid. Sie würden mir einen sehr großen Gefallen tun. Und sich auch.

TELEFONSTIMME: Wie meinen Sie das?

FRIEDRICHSBERG: Welche Todesarten haben Sie denn im Angebot?

TELEFONSTIMME: Wir richten uns nach Ihren Wünschen.

FRIEDRICHSBERG: Es sollte bitte nicht wehtun.

TELEFONSTIMME: Da fällt Erschießen schon mal weg. Vom Hochhaus stürzen auch. Wir wär's mit vergiften?

FRIEDRICHSBERG: Wär 'ne Möglichkeit. Kann sich aber ziehen.

TELEFONSTIMME: Folter?

FRIEDRICHSBERG: Ich möchte ja eben nicht, dass es weh tut.

TELEFONSTIMME: Es ist am Ende aber tödlich. Was erwarten Sie noch?!

FRIEDRICHSBERG: Lassen Sie sich was Hübsches einfallen. Und dann rufen Sie mich zurück. Sie können da ja mal 'ne Nacht drüber schlafen. Mein Name ist übrigens Alfons Friedrichsberg.

TELEFONSTIMME: Wir danken für Ihren Auftrag. Auf Wiedersehen.

15. Türchen

»… den lieben Advent«

ERZÄHLER: Alfons Friedrichsberg frühstückte: schwedisches Vollkornknäcke, gute irische Butter, spanischer Schinken, englische Würstchen mit drei Spiegeleiern, Baked Beans, griechischer Joghurt mit türkischem Honig, französische Croissants mit italienischer Konfitüre und zwei Liter guten deutschen Bohnenkaffee. Dabei wurde er unverschämterweise gestört.

Frühstück bei Friedrichsberg. Das Telefon klingelt.

FRIEDRICHSBERG: Friedrichsberg hier.
PITZ: Auktionshaus Mumm und Pitz, Pitz hier.
FRIEDRICHSBERG: Ja?
PITZ: Kommen Sie bitte ins Auktionshaus. Hier ist über Nacht eingebrochen worden.
FRIEDRICHSBERG: Und was ist entwendet worden?
PITZ: Nichts.
FRIEDRICHSBERG: Nichts?
PITZ: Nichts.
FRIEDRICHSBERG: Gar nichts?
PITZ: Sie sagen es. Es ist sogar etwas dazugekommen.
FRIEDRICHSBERG: Und was?
PITZ: Vierundzwanzig Weihnachtspäckchen. Wie ein großer Adventskalender. Und aus ein paar Päckchen tritt Blut aus …
FRIEDRICHSBERG: Ho! Sapperment!

ERZÄHLER: Keine Stunde später stand Alfons Friedrichsberg neben Konstantin Pitz in einem ballsaalgroßen Lagerraum, der über und über mit wohlverpackten Gegenständen vollgestellt war. Die Wände waren mit großen Spiegeln versehen, die dem Ganzen eine schier kathedrale Größe gaben. Von der Decke hingen Kronleuchter, die alles feierlich illuminierten. In der Mitte des Raumes: die vierundzwanzig Päckchen in rotem Geschenkpapier.

Im Auktionshaus.

FRIEDRICHSBERG: Einbruchspuren?

PITZ: Wo? Ach so. Nein, mir ist nichts aufgefallen. Was machen wir denn jetzt?

FRIEDRICHSBERG: Na, ich würde sagen: ein Päckchen auf.

PITZ: Welches denn?

FRIEDRICHSBERG: Suchen Sie sich eines aus.

PITZ: Ja, gut, dann …

ERZÄHLER: Pitz bückte sich, hob das Päckchen mit der 16 hoch, in dem ein Gegenstand dumpf hin- und herpolterte. Er riss das Papier ab, und zum Vorschein kam eine braune Pappschachtel. Pitz schaute rein und dann Friedrichsberg entsetzt an.

PITZ: Ein abgetrennter Fuß.

FRIEDRICHSBERG: Links oder rechts?

PITZ: Links.

FRIEDRICHSBERG: Mann oder Frau?

PITZ: Mann. Alt. Mit lackierten Nägeln.

FRIEDRICHSBERG: Mit lackierten Zehennägeln? Ist ja abseitig.

PITZ: Nee, aber die viele Hornhaut … Und wer ist das jetzt?

FRIEDRICHSBERG: Nun, wenn wir alle Päckchen aufgemacht und die einzelnen Teile zusammengepuzzelt haben, dann werden wir's wissen.

PITZ: Sie wollen jetzt mit mir hier … und den Leichenteilen …

FRIEDRICHSBERG: Ich doch nicht! Das ist Aufgabe der Polizei.

PITZ: Ach, dann …

ERZÄHLER: Nach und nach wurden die Päckchen von der Staatsmacht geöffnet und die Leiche zusammengebastelt. Es war ein bei den Auktionen gern gesehener Gast: Otmar Köster.

PITZ: Und bei dem hab ich immer gedacht, dass er gepflegte Füße hat.

FRIEDRICHSBERG: Aber doch nicht lackiert … also die Nägel.

ERZÄHLER: Die spätere Obduktion ergab: Otmar Köster war mit einem stumpfen Gegenstand erschlagen, dann entkleidet, auseinandergenommen und auf die Päckchen verteilt worden. Der Kopf, selbstverständlich mit roter Weihnachtsmütze, steckte in dem mit der Nummer 24.

PITZ: Und dabei hatte er eher ein Hutgesicht.

FRIEDRICHSBERG: Das ist ihm jetzt auch wurscht.

PITZ: Wenn der wüsste, dass man ihn so sieht. Und dann auch noch nackt …

ERZÄHLER: Müßig zu erwähnen: Das Kärtchen »Verlangen Sie Dr. Borsig!« klemmte in der Falz der Weihnachtsmütze.

FRIEDRICHSBERG: So. Jetzt reicht's mir aber mit diesem Dr. Borsig.

16. Türchen

»Macht hoch die Tür«

Im Keller von Straaten.

STRAATEN: Also ich weiß nicht, was du dir davon versprichst!?

ERZÄHLER: Friedrichsberg war gemeinsam mit Straaten in dessen Keller hinabgestiegen, um einen von außen betrachtet leicht wahnsinnigen Gedanken zu verfolgen.

FRIEDRICHSBERG: Ich weiß doch, wie schlecht du dich von Dingen trennen kannst, deshalb führst du mich jetzt stante pede zu deiner Sammlung alter Telefonbücher, die du wahrscheinlich nach Jahren sortiert in irgendeiner dunklen Ecke aufbewahrst!

STRAATEN: Wie kommst du darauf, dass ich meine alten Telefonbücher aufbewahre?

FRIEDRICHSBERG: Ist es nicht so?

STRAATEN: Zweiter Gang links.

ERZÄHLER: Mit dem Jahrgang 1973 hatten sie dann endlich Glück.

FRIEDRICHSBERG: Hier … Dr. Borsig und Dr. Borsig – Veterinärmedizin und Psychoanalytik.

STRAATEN: Aber 1973! Die sind bestimmt inzwischen weggezogen oder verstorben …

FRIEDRICHSBERG: Oder sie rechnen einfach nur nicht damit, dass irgendjemand abgelegte Telefonbücher sammelt! Die Adresse schauen wir uns jedenfalls mal an!

ERZÄHLER: Und so standen Friedrichsberg und Straaten wenig später vor einer leicht verfallenen Villa.

Villa Borsig.

STRAATEN: Kein Klingelschild.
FRIEDRICHSBERG: Sie tarnen sich eben gut!

ERZÄHLER: Friedrichsberg hatte schon mehrmals geläutet.

STRAATEN: Dann sind sie wohl nicht zu Hause.
FRIEDRICHSBERG: Die Villa scheint geräumig und die beiden sind bestimmt keine ganz jungen Kaliber mehr, wenn die 1973 schon niedergelassene Ärzte mit eigener Praxis waren. So schnell macht da keiner auf.
STRAATEN: Aber die werden Personal oder geldgierige Erben haben oder so was. Die könnten dann doch aufmachen.

ERZÄHLER: Und so war es dann auch.

GATTER: Sie wünschen?
FRIEDRICHSBERG: Die Doktores Borsig & Borsig.
GATTER: Und wer sind Sie?
FRIEDRICHSBERG: Gegenfrage: Wer sind denn Sie?
GATTER: Mein Name ist Gatter. Ich bin der Neffe von Dr. Borsig und Dr. Borsig. Haben Sie einen Termin?
FRIEDRICHSBERG: Ja, aber nicht heute und nicht bei Ihnen. Also bitte, es ist dringend.
GATTER: Dann müssen Sie entschuldigen, aber momentan geht das wirklich nicht.
FRIEDRICHSBERG: Bitte?
GATTER: Eine Zusammenkunft. Beide Herren sind weit über 80. Der eine ist bettlägerig und rührt sich seit geraumer Zeit keinen Millimeter mehr. Und der andere läuft ständig im Kreis und brabbelt Schachpartien nach.

FRIEDRICHSBERG: Dürfen wir uns selbst ein Bild davon machen?

ERZÄHLER: Der Neffe schaute die beiden müde an.
GATTER: Wenn Sie mir folgen wollen …

ERZÄHLER: Friedrichsberg und Straaten folgten dem jungen Mann in den ersten Stock hinauf und wurden nacheinander in zwei Zimmer geführt, die Tür an Tür lagen. Der Neffe hatte nicht übertrieben: Es war ein trostloses Schauspiel. Einzig eine etwas zu aufreizende Pflegekraft bot eine gewisse Ablenkung.

OLGA *mit starkem osteuropäischem Akzent*: Pscht! Sie müssen die Herren entschuldigen, aber sie brauchen dringend Ruhe! Gerne kümmere ich mich später auch um Sie!
FRIEDRICHSBERG: Vergebene Liebesmüh, uns kann nicht mehr geholfen werden!
GATTER: Ja, wenn Sie mir dann in den Salon folgen wollen … vielleicht mögen Sie noch kurz Platz nehmen, ich bin dann gleich bei Ihnen, dann können wir uns gerne noch einen Moment über meine beiden Onkels unterhalten!

ERZÄHLER: Er führte Friedrichsberg und Straaten durch eine große Doppeltüre in einen hochherrschaftlichen Salon, wo er sie auf einem Sofa Platz nehmen ließ, dann schloss er die große französische Flügeltüre hinter ihnen.

STRAATEN: Tragisch!
FRIEDRICHSBERG: Was? Im Bett liegen und von einem großbusigen Engel in Weiß betüddelt zu werden?
STRAATEN: Die beiden sind zwar malad, aber könnte es trotzdem einer von ihnen sein?
FRIEDRICHSBERG: Unser Serienmörder? Nein. Kaum.
STRAATEN: Aber wenn beide nicht unser Dr. Borsig sind, wer ist dann Dr. Borsig?
FRIEDRICHSBERG: Ein ganz anderer. Oder es gibt ihn gar nicht. Oder

es ist doch einer von beiden und uns wird grad ganz großes Theater vorgespielt.

Friedrichsbergs Mobiltelefon klingelt.

FRIEDRICHSBERG: Ja, ich höre.
TELEFONSTIMME: Guten Tag. Hier ist »Wir erfüllen Ihnen jeden Wunsch. Die Todesart bestimmen Sie.«

ERZÄHLER: Friedrichsberg wurde mulmig. Der Anruf kam irgendwie gerade unpassend.

TELEFONSTIMME: Sie baten uns darum, Sie aus dem Weg zu räumen.
FRIEDRICHSBERG: Wie sind Sie denn an meine Nummer …?
TELEFONSTIMME: Herr Friedrichsberg, unterschätzen Sie uns bitte nicht. Wir wissen auch, wo Sie sich momentan aufhalten. Es scheint Ihnen ein Bedürfnis zu sein, unseren Dr. Borsig kennenzulernen. Dem möchten wir gerne nachkommen. Ebenso Ihrem Wunsch nach eigener finaler Entsorgung. Durch die doppelflügelige Türe, durch die Sie gerade gegangen sind, werden gleich ein paar meiner Mitarbeiter kommen. Sie erkennen sie an ihrer weihnachtlichen Kleidung.
FRIEDRICHSBERG: Und was haben die mit mir vor?
TELEFONSTIMME: Die werden Sie töten, Herr Friedrichsberg. Wir wollen Sie durch einen großen Fleischwolf jagen und dann füllen wir Sie in vierundzwanzig Weihnachtsstrümpfe ab, die wir in der Weihnachtswelt bei Schaber und Nack an den Kamin hängen werden. Spätestens nach drei Tagen wird das so höllisch stinken, dass das ganze Haus geräumt werden muss.
FRIEDRICHSBERG: Gut, dann schicken Sie Ihre Mörderbuben mal hier rein.
TELEFONSTIMME: Dann sollte Ihr Freund jetzt wohl besser gehen. Wir danken für Ihren Auftrag. Auf Wiedersehen.
STRAATEN: Und was passiert jetzt?!
FRIEDRICHSBERG: Es wird auf jeden Fall brenzlig.

STRAATEN: Ja, aber …

FRIEDRICHSBERG: Kannst mich mal besuchen. Könnte bald als Gehacktes in Socken überm Kamin hängen.

STRAATEN: Du machst doch Witze.

FRIEDRICHSBERG: Hoffentlich. Adieu!

STRAATEN: Ich hole Hilfe!

FRIEDRICHSBERG: Wenn die mal nicht zu spät kommt!

ERZÄHLER: Wie von Geisterhand öffnete sich die Doppeltüre einen Spalt, sodass Straaten hinaushuschen konnte, um sich gleich darauf wieder ebenso geisterhaft zu schließen.

FRIEDRICHSBERG: Was auch immer sich gerade hinter dieser Doppeltüre zusammenbraut, es wird nichts Gutes sein!

17. Türchen

»Schneeflöckchen, Eisröckchen«

ERZÄHLER: Hinter der Türe warteten die geheimnisvollen Weihnachtsmänner wohl nur noch auf ihr Zeichen, dass sie endlich gegen Friedrichsberg losschlagen dürften. Die Spannung im Raum war mit den Händen greifbar.

FRIEDRICHSBERG: Ich kann doch nicht einfach hier sitzen und warten, bis sich mein schreckliches Schicksal erfüllt.
ERZÄHLER: Dann probier's doch mal mit der Tapetentür!
FRIEDRICHSBERG: Was?
ERZÄHLER: Rede ich unverständlich?
FRIEDRICHSBERG: Äh. Tapetentür?
ERZÄHLER: Da, neben dir.
FRIEDRICHSBERG: Wo?
ERZÄHLER: Links!
FRIEDRICHSBERG: Gar nicht gesehen.
ERZÄHLER: Ist ja auch gut kaschiert!
FRIEDRICHSBERG: Hehe … Danke für den Hinweis.

ERZÄHLER: Muss ja irgendwie weitergehen. Also: Friedrichsberg drückte gegen die Tapetentüre und sie schwang tatsächlich leichtflügelig auf. Schon fand er sich in einem dunklen, engen Gang wieder, durch den er sich gerade so durchquetschen konnte.

FRIEDRICHSBERG: Hoffentlich bleibe ich nicht stecken! Ich hab doch Platzangst!

ERZÄHLER: Blieb er nicht, dafür stand der Dicke bald vor einer weiteren Türe.

FRIEDRICHSBERG: Wenn die jetzt zu ist …

ERZÄHLER: War sie aber nicht. Er drückte die Klinke runter, stieß die Türe auf und trat hinaus in einen verschneiten Hof. Eisiger Wind schlug ihm ins Gesicht. Er horchte in den Gang zurück und konnte seine Verfolger schon hören.

FRIEDRICHSBERG: Hach, Mist! Nicht viel Vorsprung.

ERZÄHLER: Er schaute sich um. Links vom Haus war ein Geräteschuppen, an dem ein Rodelschlitten lehnte.

FRIEDRICHSBERG: Haha! Das ist es doch. Das Haus hier liegt am Hang!

ERZÄHLER: Und schon saß der dicke Alfons Friedrichsberg zum ersten Mal seit 50 Jahren wieder auf einem Rodelschlitten und sauste den Hang hinab.

FRIEDRICHSBERG *holprig gesprochen*: Ach … du lieber Himmel, das … habe … ich mir … aber … auch … ein bisschen … komfortabler … vorgestellt … Hauptsache, ich … bleib ganz.

ERZÄHLER: In Ermangelung weiterer Schlitten warfen sich die Weihnachtsmänner auf ihre Bäuche und versuchten so möglichst schnell, Friedrichsberg hinterher zu kommen. Sie mussten bald merken, dass das eine äußerst schmerzhafte und nur teilerfolgreiche Idee war.

WEIHNACHTSMANNKILLER 1: So ein verdammter Mist!

ERZÄHLER: Vorteil Friedrichsberg. Doch auch seine Schlittenfahrt endete barsch, als er hart gegen den Steg eines recht großen Sees bretterte.

FRIEDRICHSBERG: Und jetzt? Ist hier vielleicht ein Ruderbötchen oder so was? Nee. Nix.

ERZÄHLER: Friedrichsberg schaute sich um, hinter ihm nahten die Weihnachtsmänner, vor ihm lag der zugefrorene See.

FRIEDRICHSBERG: Was?
ERZÄHLER: Du bist aber heute schwer von Kapee … DER ZUGE-FRORENE SEE …
FRIEDRICHSBERG: Ha! Sag das doch gleich! Der zugefrorene See!
ERZÄHLER: Eben.
FRIEDRICHSBERG: Und weiter?
ERZÄHLER: Vorsichtig trat er auf die Eisfläche …
FRIEDRICHSBERG: Bist du verrückt?!

ERZÄHLER: Vorsichtig trat er auf die Eisfläche und schob hoch-konzentriert in langen, ruhigen Bewegungen einen Fuß vor den anderen.

FRIEDRICHSBERG: Ich auf Eis …! Nur nicht hektisch werden … Hach, es knackt schon ganz verdächtig …

ERZÄHLER: Bald hatte er so die Mitte des Sees erreicht.

WEIHNACHTSMANNKILLER 1: Was macht der denn da? Ist der voll-kommen irre?
WEIHNACHTSMANNKILLER 2: Egal! Hinterher!
WEIHNACHTSMANNKILLER 3: Ihr wollt aufs Eis? Das trägt uns doch nicht!
WEIHNACHTSMANNKILLER 2: Wenn das den aushält, dann wird es auch uns aushalten!

ERZÄHLER: Also setzten die vier Killer ihre Füße aufs Eis. Zunächst zaghaft, dann immer forscher, letztlich sogar kühn liefen sie auf den Dicken zu, der sie ungerührt in der Mitte des Sees erwartete, fast wie ein in Stein gemeißeltes Denkmal. Und in dem Moment, als einer der vier gerade sagte …

WEIHNACHTSMANNKILLER 1: Wa … was rennt der denn nicht weg?

ERZÄHLER: … konnte man ein lautes Knacken vernehmen, dann so was wie ein Bersten oder Reißen, das sich in viele kleine weitere Knackgeräusche fortsetzte. Die vier schauten sich noch einmal kurz an …

WEIHNACHTSMANNKILLER 1: Oh.
WEIHNACHTSMANNKILLER 2: Ja, aber …
WEIHNACHTSMANNKILLER 3: Wie …

ERZÄHLER: … und schon gab das Eis unter ihren Füßen nach und sie brachen in den eiskalten See ein. Für einen kurzen Moment ruderten sie noch panisch mit den Armen, verzweifelt nach irgendeinem Halt suchend.

WEIHNACHTSMANNKILLER 1 *ertrinkend*: Aber … wie … wie haben Sie das … gemacht?
FRIEDRICHSBERG: Ich steh auf einem Ponton. Zwei mal zwei Meter. Hab ich eben bei meinem Eislauf entdeckt!

ERZÄHLER: Aber das bekamen die vier schon nicht mehr mit. Sie trieben wie vier rote Ausrufungszeichen unter dem Eis und sollten erst Wochen später wieder auftauen. Weihnachtsmänner on the rocks quasi.

18. Türchen

»Wisst ihr noch, wie es geschehen?«

ERZÄHLER: Aber Friedrichsberg hatte Glück: Seine Eispartie war bald wieder beendet. Die von Straaten telefonisch herbeigerufene Polizei und Feuerwehr hatten den Dicken vom Eis geholt, ihn zur nächsten Wache eskortiert und ihm zu guter Letzt einen heißen Tee in die Hand gedrückt.

Polizeiwache.

FRIEDRICHSBERG: Wollen Sie mich umbringen?! Eis und Killer überlebe ich. Und dann kommen Sie mir mit Ihrem Kantinen-Automaten-Tee?!
POLIZIST: Ja, aber …
FRIEDRICHSBERG: Hätte gerne einen starken Kaffee mit Milch und Zucker.
POLIZIST: Sonst noch was?
FRIEDRICHSBERG: Cognac.
POLIZIST: Bitte?
FRIEDRICHSBERG: Und Gebäck wär auch schön. Ist schließlich Weihnachtszeit.

ERZÄHLER: Dann wurden Befragungen mit ihm und Straaten durchgeführt.

STRAATEN: Sie sahen aus wie Weihnachtsmänner, mit Bart und mit allem. Ich hab mir die doch nicht genauer angesehen! Ich wollte nur möglichst schnell aus dieser Villa raus.
KOMMISSARIN: Aus Ihrer Villa?
STRAATEN: Nein, aus der Villa, in der wir wegen der Telefonbücher waren. Die von den zwei Verrückten.

KOMMISSARIN: Was denn für Verrückte?

STRAATEN: Die spielen doch keine Rolle, also vermutlich nicht. Es geht doch um die Killer.

KOMMISSARIN: Killer.

STRAATEN: Ja, einen Teil von denen haben wir ja im Erdloch entsorgt, möchte ich mal sagen …

KOMMISSARIN: Sie haben Killer in einem Erdloch entsorgt …

STRAATEN: Ja, nicht ich, nicht wir. Der Bergbau. Also die Schäden vom Bergbau. Also die Schäden durch den Bergbau.

KOMMISSARIN: Was denn nun?

STRAATEN: Aber das wäre gar nicht so weit gekommen, wenn da nicht die Leiche auf dem Klo gewesen wäre.

KOMMISSARIN: Kloleiche …

STRAATEN: Ich musste ja gar nicht, aber der Alfons, also der Herr Friedrichsberg. Und die hatte wieder eine Mütze auf.

KOMMISSARIN: Wer jetzt?

STRAATEN: Na, die Leiche. Wie auch alle anderen. Wir waren ja da wegen der Notenblätter. Aber nicht für uns. Als Geschenk. Für Dahl. Und dann gab es wieder einen Toten. Wie der Finanzminister. Die waren ja alle nackt, die Puppen.

KOMMISSARIN: Was für Puppen?

STRAATEN: Mit den Gedichten.

KOMMISSARIN: Sie reimen?

STRAATEN: Nicht ich, der Mörder. Der Tierarzt.

KOMMISSARIN: Was denn für ein Tierarzt?

STRAATEN: Ich habe ja gar keine Haustiere. Allergie. Meine Frau sagt …

KOMMISSARIN: Haben Sie die auch umgebracht?

STRAATEN: Wen jetzt?

KOMMISSARIN: Ihre Frau?

STRAATEN: Nein. Sehen Sie mal: die Frau am Brunnen. Und die Banker. Und dieses Ehepaar. Muss man sich mal vorstellen: gebrannte Mandeln … so was. Wir waren da ja noch in dem Haus drin. Oder die ganze Familie. Das ist doch makaber. Auch der Mann, der aus dem Himmel gefallen ist. Bei der

Starkstromsache sieht das schon wieder anders aus. Da habe ich kein Mitleid. Wer sich in Gefahr begibt, der wird schon sehen, sagt doch das Sprichwort. Die Frau aus dem Café aber tut mir leid. Ich war da mal. Ich hab einen Kakao getrunken. Kaffee schlägt mir ja immer so ein bisschen auf den Magen. Mein Tierarzt, äh mein Hausarzt meint ja, das läg an den Umständen. Ich weiß gar nicht, was die sind. Aber wenn man nur von Leichen umgeben ist, tagein, tagaus …

ERZÄHLER: Um halb zwei in der Nacht war Friedrichsberg es endgültig leid.

FRIEDRICHSBERG: Komm, Straaten, wir gehen. Alle Fragen sind gestellt und beantwortet, ich wüsste nicht, was uns hier noch halten soll.
STRAATEN: Richtig. Wobei ich vielleicht noch eine Sache ergänzen müsste, und zwar, als es da um die Sache mit …

Handy plingt, SMS kommt rein.

STRAATEN: War das gerade dein Telefon?
FRIEDRICHSBERG: Ja, eine SMS: »Wir treffen uns heute um 17 Uhr auf der Fähre Friesland 4, ab Klötenbüll. Ihr Dr. Borsig.« Es spitzt sich zu.

19. Türchen

»Ein Schiff wird kommen«

ERZÄHLER: Am Fährableger blies den dreien ein eiskalter Ostwind um die Nase. Friedrichsberg, Straaten und Dahl standen da und schauten aufs Meer hinaus. Klötenbüll hinter, die raue Nordsee vor und ein paar kreisende Möwen über sich.

Fährableger.

DAHL: Und was sollen wir jetzt auf der Fähre? Und das alles heute, am vierten Advent?!

FRIEDRICHSBERG: Wir bleiben ein bisschen auf dem Eiland. Habe uns Zimmer im Hotel »Alter Heringshof« gebucht. Waren die letzten.

DAHL: Wer will denn da hin?

STRAATEN: Unter anderem unser Mörder.

FRIEDRICHSBERG: Auf der Insel wird er uns jedenfalls nicht entkommen.

DAHL: Ach! Da ist doch der Hund begraben.

FRIEDRICHSBERG: Jou. Und wir buddeln den jetzt wieder aus.

Die Fähre legt an.

ERZÄHLER: Die drei enterten ihre Fähre, stellten sich an Deck und begutachteten ihre Mitreisenden.

FÄHRANSAGER: So, liebe Fahrgäste, manche von Ihnen kennen mich vielleicht noch aus dem ICE, aber über die Feiertage verdiene ich mir auf der Fähre nebenbei so'n bisschen was … Egal. Wir fahren heute von … wie heißt das Kaff noch mal, Dieter? Was? Klöten … wie? Ah ja, Klötenbüll. Also von da fahren wir … ja, auf die

Insel. Mehr ist hier ja nicht. Wir haben heute leider auch eine Verspätung, weil wir nicht so schnell fahren können wegen der … was? Wegen der Ebbe? Was ist denn der Ebbe? Kenn ich von der Ostsee nicht. Noch nicht mal Ebbe hatten wir im Osten! Unverschämtheit! Wenn Sie auf der Insel sind, machen Sie das Beste draus. Es ist Nachsaison. Weitere Informationen hierzu finden Sie in unserer Reisefalt Ihr Blattplan. Thank you for travelling with Deutsche Bahn … ach, Quatsch: With the Fähre hier.

FRIEDRICHSBERG: Schau mal da hinten, die beiden. Neben der schwarzen Limousine. Sind das nicht Edmund Schaber und Jean Nack?

STRAATEN: Da könntest du recht haben.

FRIEDRICHSBERG: Das sind die beiden.

DAHL: Und mit wem reden die?

STRAATEN: Mit einer warm eingepackten Frau.

FRIEDRICHSBERG: Das ist Lore von Klausewitz. Und schau mal, wer da die Treppe hochkommt.

STRAATEN: Konstantin Pitz.

FRIEDRICHSBERG: Hier kommen heute wohl alle zusammen.

DAHL: Aber wieso? Hat Borsig die alle auf die Fähre zur Insel bestellt?

FRIEDRICHSBERG: Tja, möglich.

STRAATEN: Oder sind die vier zusammen Borsig?

FRIEDRICHSBERG: Auch möglich. Es sind aber fünf.

STRAATEN: Wie?

DAHL: Was?

FRIEDRICHSBERG: Da kommt Hubertus Löwenstein.

STRAATEN: Tatsächlich. Du, das ist doch kein Zufall mehr.

FRIEDRICHSBERG: Das war es von Anfang an nicht.

STRAATEN: Sollen wir hin?

DAHL: Was?

FRIEDRICHSBERG: Nein. Die werden wir alle im Hotel »Alter Heringshof« wiedersehen.

STRAATEN: Und dann?

FRIEDRICHSBERG: Machen wir den Sack zu! *Lacht.* Ich freu mich schon drauf.

ERZÄHLER: Eine Dreiviertelstunde später war die Insel Nordernhoog erreicht, die Fähre legte an und die Autos fuhren herunter. Eines jedoch blieb stehen.

KAPITÄN: Hallo! Junges Frollein, so geht das ja nun nicht, nech. Sie müssen jetzt hier runter.

ERZÄHLER: Die Dame hinter dem Steuer regte sich nicht.

STRAATEN: Was ist denn da los?
FRIEDRICHSBERG: Da verweigert jemand die Weiterfahrt.
KAPITÄN: Frollein! Nu is aber ma gut. Runter hier vom Kahn, Sie halten den Betrieb auf! Na, wenn Sie nicht hören wollen …

ERZÄHLER: Der Kapitän öffnete die Fahrertüre und der Kopf der jungen Frau kegelte ihm wie eine Bowlingkugel entgegen. Ihr Haupt war mit einem feinsäuberlichen Schnitt vom Hals getrennt worden.

KAPITÄN: Herr im Himmel, die Frau ist …

ERZÄHLER: Tot. Geköpft. Die hätte so gar nicht mehr weiterfahren können.

KAPITÄN: Und jetzt ist der auch noch die Mütze vom Kopf gerutscht.

ERZÄHLER: Eine rote Weihnachtsmannmütze. Und den Zettel mit der Aufschrift »Verlangen Sie Dr. Borsig!« sollte die Polizei später auch noch finden.

FRIEDRICHSBERG: Fünf mögliche Mörder sind ja hier versammelt.
STRAATEN: Du meinst …
FRIEDRICHSBERG: Ja, ich meine Schaber, Nack, Pitz, von Klausewitz und Löwenstein.
STRAATEN: Waren die beiden eigentlich auch auf der Einladungsliste für die Auktion?
DAHL: Wer?
STRAATEN: Schaber und Nack?
FRIEDRICHSBERG: Hehehe …

ERZÄHLER: Friedrichsberg grinste.

20. Türchen

»Borsig ist kein guter Mann«

ERZÄHLER: Das Hotel »Alter Heringshof« war ein 5-Sterne-Superior-Haus mit einer über 180-jährigen Geschichte. Die hohen Fenster, die vier Türmchen, die das ganze Gebäude einrahmten, und die geschwungene Treppe, die zum Haupteingang führte, repräsentierten den Glanz alter Zeiten. Friedrichsberg, Straaten und Dahl durchquerten die Eingangshalle, in dem ein prächtiger Weihnachtsbaum mit roten und goldenen Kugeln prangte. Der schätzungsweise 200-jährige Portier hatte den dreien die Schlüssel zu den letzten beiden Zimmern gegeben: ein Einzel- und ein Doppelzimmer.

Hotel Alter Heringshof.

FRIEDRICHSBERG: Wer von uns dreien alleine liegt, muss ja wohl nicht ausdiskutiert werden.

PORTIER: Ich muss Sie allerdings darauf hinweisen, heute ist Heiligabend, nech. Da ist unser traditioneller Weihnachtsabend, meine Herren. Seit Bestehen dieses Hauses.

STRAATEN: Und das heißt?

PORTIER: Großes Weihnachtsbüfett im Speisesaal, Bescherung, Christkind-Schwimmen in unserer Poolanlage, Rentiergulasch im Gartenbereich. Ab 18 Uhr. Und es herrscht Kostümpflicht.

FRIEDRICHSBERG: Bitte?

PORTIER: Die Frauen als Christkind, die Männer als Weihnachtsmann, meine Herren.

FRIEDRICHSBERG: Haha, und den mitgebrachten Haustieren setzen Sie Geweihe auf?

PORTIER *lacht, unterdrückt es aber sofort wieder.* Nein, mein Herr. Aber wir stellen Ihnen selbstverständlich gerne kostenlos

Kostüme zur Verfügung.

STRAATEN: Na, vielen Dank.

PORTIER: Leider haben wir nur noch zwei Weihnachtsmannkostüme übrig. Einer von Ihnen müsste also … mit Verlaub … ein Christkindkostüm nehmen, nech.

FRIEDRICHSBERG: Das kriegt Dahl.

DAHL: Warum eigentlich immer ich?

STRAATEN: Warum nicht du?

FRIEDRICHSBERG: Alle Gäste dieses Hauses im Kostüm… Das macht die Suche nach unserem Bösewicht nicht leichter.

KLAUSEWITZ: Ja, das gibt's ja gar nicht. Was machen Sie denn hier?!

ERZÄHLER: Lore von Klausewitz kam zusammen mit Hubertus Löwenstein und Konstantin Pitz aus dem Wintergarten des Hotels.

KLAUSEWITZ: Wir wollten gerade ins Restaurant gehen. Auf einen Kaffee. Da sitzen die Herren Schaber und Nack. Leisten Sie uns Gesellschaft?

ERZÄHLER: Man ging gemeinsam ins Restaurant. Die Kaffee-Bestellungen wurden aufgegeben, Friedrichsberg orderte noch einen Cognac dazu und ging dann auf Angriff.

FRIEDRICHSBERG: Was machen Sie hier eigentlich alle?

SCHABER: Tja, wir sind jedes Jahr in diesem Hotel. Zum vierzehnten Mal.

NACK: Ja. Das ist schon Tradition.

FRIEDRICHSBERG: Aber Herr Pitz, ich hatte Sie doch gefragt, ob Sie sich alle näher …

PITZ: Kein Kommentar.

LÖWENSTEIN: Und Sie?

FRIEDRICHSBERG: Wir sind eingeladen worden. Mehr oder weniger.

LÖWENSTEIN: Und von wem?

FRIEDRICHSBERG: Von Dr. Borsig.

NACK: Ach was. Der ist hier?!

FRIEDRICHSBERG: Ja. Er wird sogar in diesem Hotel sein. Mehr noch: in diesem Restaurant sitzen. Präziser: Er ist einer von Ihnen.

LÖWENSTEIN: Wie?

KLAUSEWITZ: Na, da scheide ich ja wohl aus. Ich bin eine Frau.

PITZ: Wieso sollte einer von uns Dr. Borsig sein?

LÖWENSTEIN: Das ist doch ein Mörder! Wollen Sie also damit sagen …

FRIEDRICHSBERG: … dass einer von Ihnen ein Mörder ist.

SCHABER: Keiner von uns ist … ein … ein Mörder.

NACK: Eine Leiche ins eigene Kaufhaus legen …?! Das ist doch abwegig.

PITZ: Und als würde ich meinen Auktionator …! Idiotisch!

KLAUSEWITZ: Ich als Frau hab gar nicht die Kraft, irgendwen zu erdrosseln oder zu ertränken.

FRIEDRICHSBERG: Unser Dr. Borsig hat für sich arbeiten lassen: Weihnachtsmannkiller. Jeder von Ihnen kann es gewesen sein.

PITZ: Schwachsinn! Ich bringe niemanden um.

FRIEDRICHSBERG: Das sagen Sie. Ich weiß eh, wer es ist. Und hier und heute wird es ihm an den Kragen gehen.

KLAUSEWITZ: Warum nicht jetzt?

FRIEDRICHSBERG: Mir fehlt noch ein kleines Puzzleteilchen. Heute Abend werde ich es haben. Und dann machen wir beim großen Weihnachtsabend reinen Tisch.

21. Türchen

»Frommes Kind, wie selig«

ERZÄHLER: Bevor Friedrichsberg sein Zimmer bezog, suchte er aber noch mal die Bar auf: Ein weiterer Cognac war fällig. Nur so glaubte er die nötige Bettschwere für einen kurzen Erholungsschlummer zu haben und schluffte auf sein Zimmer. Doch kaum hatte er die Zimmertüre geöffnet, sah er sich schon einem neuerlichen Malheur gegenüber.

Auf Friedrichsbergs Zimmer.

FRIEDRICHSBERG: Was soll das denn jetzt?!

ERZÄHLER: Eine tote Frau hatte es sich auf seinem Bett bequem gemacht.

FRIEDRICHSBERG: Och, nö …

ERZÄHLER: Auf ihrem Kopf die Weihnachtsmannmütze …

FRIEDRICHSBERG: Klar.

ERZÄHLER: … und neben ihr der bekannte Zettel …

FRIEDRICHSBERG: »Verlangen Sie Dr. Borsig!«

ERZÄHLER: Was aber neu war …

FRIEDRICHSBERG: Das ist makaber.

ERZÄHLER: Der Mörder hatte der Toten eine riesengroße Geschenkschleife um den Oberkörper gebunden.

FRIEDRICHSBERG: Na, dann: Fröhliche Weihnachten.

ERZÄHLER: Alfons Friedrichsberg verließ sein Zimmer und klopfte nebenan bei seinen Freunden.

FRIEDRICHSBERG: Darf ich hier mal telefonieren?

STRAATEN: Wieso machst du das nicht von deinem Zimmer aus?

FRIEDRICHSBERG: Äh. Da ist das Bett grad besetzt.

DAHL: Ach. Von wem?

FRIEDRICHSBERG: Da liegt 'ne tote Frau drauf. Wird mir der Mörder da reingelegt haben, um mich wegen Mordverdachts aus dem Weg zu räumen. Aber warte mal ab … *wählt eine zweistellige Nummer.*

PORTIER: Hotel »Alter Heringshof«, der Empfang, Sie sprechen mit dem Portier, was kann ich für Sie tun?

FRIEDRICHSBERG: Friedrichsberg hier, Sie können mir einen Gefallen tun und mir die Zimmernummer von Herrn Hubertus Löwenstein verraten. Ich habe hier eine ausgezeichnete Flasche Rotwein. Die würde ich ihm gerne vorbeibringen.

PORTIER: Moment bitte … *kramt endlos in Unterlagen* … Einen Moment bitte … *kramt weiterhin endlos in Unterlagen* … Hören Sie? Herr Löwenstein wohnt in Zimmer 362, mein Herr.

FRIEDRICHSBERG: Vielen Dank. Wiederhören.

PORTIER: Wiederhören.

STRAATEN: Was denn für eine Flasche Rotwein? Und wieso Löwenstein?

FRIEDRICHSBERG: Wir warten jetzt erst mal bis 18 Uhr und dann schlagen wir zu.

22. Türchen

»Stille, stille, kein Geräusch gemacht«

ERZÄHLER: Um kurz nach 18 Uhr verließen Friedrichsberg und Straaten das Doppelzimmer – Dahl kam nicht mit, er hatte Schwierigkeiten, in sein Christkindlkostüm zu kommen, die Strumpfhose! –, fuhren mit dem Fahrstuhl eine Etage höher und schlichen auf leisen Sohlen zu Zimmer 362.

FRIEDRICHSBERG *klopft an*: Hallo?!

ERZÄHLER: Nichts. Er klopfte wieder, diesmal energischer.

FRIEDRICHSBERG: Hallo?! Herr Löwenstein?!

ERZÄHLER: Friedrichsberg fummelte aus der Jackettasche seinen Dietrich heraus und machte sich gekonnt am Türschloss zu schaffen.

Die Türe springt auf.

STRAATEN: Was machen wir hier? Und wieso Löwenstein?
FRIEDRICHSBERG: Den Grund weiß ich nicht. Aber dass er es ist, da bin ich mir sicher.
STRAATEN: Und woher weißt du das?
FRIEDRICHSBERG: Von seinen Fingern.
STRAATEN: Wie bitte?
FRIEDRICHSBERG: Als wir bei Borsigs waren, ist mir aufgefallen, dass die beiden alten Herren denselben Siegelring tragen. Dieser Ring ist mir auch bei Neffe Gatter aufgefallen. Scheint also so ein Familiending zu sein.
STRAATEN: Ach.
FRIEDRICHSBERG: Ja. Und weißt du, wo ich ihn wiederentdeckt habe?

STRAATEN: Wo?

FRIEDRICHSBERG: Am kleinen Finger von Hubertus Löwenstein. Also hängt der mit drin.

STRAATEN: Das könnte sein.

FRIEDRICHSBERG: Und da er der Einzige ist, der hier auf der Insel weilt und eine Verbindung zu Borsigs hat, frag ich dich, wer wohl sonst der Täter sein mag?!

STRAATEN: Das ist aber alles sehr weit hergeholt und ziemlich dünn.

FRIEDRICHSBERG: Mag sein. Aber wir müssen jetzt erst mal das Paket mit den Christbaumkugeln finden.

STRAATEN: Was denn für Christbaumkugeln?

FRIEDRICHSBERG: Die Christbaumkugeln von der Versteigerung. Um die geht es doch.

STRAATEN: Ach.

FRIEDRICHSBERG: 50.000 Euro für Kugeln und Lametta.

STRAATEN: Und?

FRIEDRICHSBERG: Seltsam ist doch, dass ein Mensch, der gerne zu Auktionen geht und einem Kreis anzugehören scheint, der diese Leidenschaft teilt, umgebracht und adventskalendertauglich auseinandergenommen wird. Kurioserweise ist kurz darauf bei ihm eingebrochen worden.

STRAATEN: Na und?

FRIEDRICHSBERG: Das ist der Zeitung eine kleine Meldung wert gewesen, denn besagter Auktionsfreund, Otmar Köster, war Kunstmäzen und Sammler. Und dem hatten die Täter aus seinem Haus zahlreiche erlesene Wertgegenstände gemopst, unter anderem auch eine jüngst erworbene Sammlung höchst seltener Christbaumkugeln nebst Lametta.

STRAATEN: Ach.

FRIEDRICHSBERG: Ja, ach. Haha! Ich habe Pitz gefragt, wie der Name des Mannes war, der an dem Tag die Kugeln und das Lametta ersteigert hat.

STRAATEN: Und das war …

FRIEDRICHSBERG: Otmar Köster.

STRAATEN: Löwenstein hat also Köster umgebracht und dann die

Kugeln und das Lametta entwendet.

FRIEDRICHSBERG: Darum scheint es ihm zu gehen.

STRAATEN: Aber warum hat er dann weitergemordet?

FRIEDRICHSBERG: Da hakt meine Geschichte leider. Aber jetzt lass uns erst mal die Kugeln und das Lametta finden.

ERZÄHLER: Sie schauten unter dem Bett, hinter einem Ohrensessel, im Wandschrank.

FRIEDRICHSBERG: Nichts. Na, dann der Safe.

STRAATEN: Mist, wir brauchen den vierstelligen Zifferncode.

FRIEDRICHSBERG: Hm … äh … Gib mal 2–4–1–2 ein.

STRAATEN: Wieso das denn?

FRIEDRICHSBERG: Frag nicht, mach.

Eintippen von vier Ziffern, Tresor springt auf.

FRIEDRICHSBERG: Haha, Bingo! Da sind die Kugeln! Der Inhalt des Tresors gibt mir ja recht.

STRAATEN: Wie bist du auf die Zahlen gekommen? 2–4–1–2?

FRIEDRICHSBERG: 24–12! Es dreht sich alles um Weihnachten. Da liegt so ein Code doch auf der Hand.

STRAATEN: Und jetzt?

FRIEDRICHSBERG: Verstecken wir die Kugeln so, dass sie keiner findet.

23. Türchen

»Ich steh an eurem Tische hier«

ERZÄHLER: Kurz nach 19 Uhr trudelten die drei beim Weihnachtsabend ein: Friedrichsberg und Straaten als Weihnachtsmänner verkleidet, Dahl im weißen Kleid mit Rauschgoldengelperücke.

Große Weihnachtsparty.

STRAATEN: Jetzt stellen wir den Mörder?

FRIEDRICHSBERG: Mit Pauken und Trompeten. Wie beim Weihnachtsoratorium.

ALLE DREI *singen*: Stille Nacht! Eilige Nacht! / Kreativ umgebracht / Wurde hier so manches Leut, / Was den Mörder hocherfreut. / Doch damit ist jetzt Schluss! / Doch damit ist jetzt Schluss!

ERZÄHLER: Alles war festlich geschmückt: Überall standen kleinere Tannenbäume mit schön auf Kunstschnee drapierten Geschenke darunter. Die Kronleuchter hingen voll Lametta und darunter scharwenzelten überall Weihnachtsmänner und Christkindchen, die sich von den großen Büfetttischen ihre Teller übervoll mit erlesensten Spezialitäten schaufelten. Seltene Weine wurden kredenzt, eine Kapelle spielte Weihnachtsklassiker.

Handy klingelt.

FRIEDRICHSBERG: Moment, mein Telefon … Oh, es ist Heidenreich.

STRAATEN: Was? Der Hauptkommissar?

FRIEDRICHSBERG: Ja, ich hatte ihm Bescheid gegeben. Er wollte hier mit Verstärkung anrücken … *ins Telefon:* Ja? … Was? … Ist doch nicht Ihr Ernst!

DAHL: Und?

FRIEDRICHSBERG: Die sind mit zwölf Mann hier. Aber der Portier lässt sie nicht rein. Sie müssen sich jetzt erst Weihnachtsmannkostüme besorgen.

DAHL: Ja, und nun?

FRIEDRICHSBERG: Hauptsache, die kommen noch rechtzeitig zum Finale.

STRAATEN: Und wie finden wir in diesem Chaos Löwenstein?

DAHL: Da sehe ich schwarz!

FRIEDRICHSBERG: Oder eher rot!

ERZÄHLER: Zwei Weihnachtsmänner waren neben Friedrichsberg getreten und drückten ihm die Läufe ihrer Pistolen in die Seite.

WEIHNACHTSMANNKILLER 2: Ganz ruhig.

FRIEDRICHSBERG: Sie stören. Wollt mir grad was vom Eierpunsch nehmen.

WEIHNACHTSMANNKILLER 2: Unserem Chef ist aufgefallen, dass ihm etwas fehlt, bei dessen Wiederbeschaffung Sie ihm behilflich sein können.

FRIEDRICHSBERG: Wie soll ich denn an Hirn und Anstand kommen?

WEIHNACHTSMANNKILLER 1: Stehen Sie auf und kommen Sie mit.

STRAATEN: Oh, hier gibt's Prager Schinken. Friedrichsberg, soll ich dir auch ein Scheibchen abschneiden?

FRIEDRICHSBERG: Du wirst einen Moment auf mich verzichten müssen. Jetzt geht's mir wohl an den Schinken.

ERZÄHLER: Alfons Friedrichsberg wurde von den beiden Weihnachtsmännern in die Mitte genommen und sie führten ihn an den Tisch, an dem Hubertus Löwenstein thronte.

LÖWENSTEIN: Herr Friedrichsberg, mit meiner Geduld ist es vorbei. Glauben Sie, ich suche nach diesen äußerst seltenen Christbaumkugeln, nur um sie mir von Ihnen wieder abjagen zu lassen? Hm? Wo sind die Kugeln?

FRIEDRICHSBERG: Zunächst: Wieso die Weihnachtsmannkiller?

LÖWENSTEIN: Die fallen im Advent am wenigsten auf.

FRIEDRICHSBERG: Ah. Und wie würden Sie im Frühjahr killen?

LÖWENSTEIN: Als Osterhasen.

FRIEDRICHSBERG: Mit Stummelschwänzchen. Irgendwas muss man ja kompensieren. Und wieso diese ganzen Morde?

LÖWENSTEIN: Sachte, mein lieber Herr Friedrichsberg, sachte. Wir sind hier am Tisch noch gar nicht komplett. Zu unserer Organisation gehören noch Konstantin Pitz, die Herren Schaber und Nack und Frau von Klausewitz.

FRIEDRICHSBERG: Ach.

KLAUSEWITZ: Ja, ach. Schönen guten Abend.

FRIEDRICHSBERG: Frau von Klausewitz, das Christkindl steht Ihnen ausgezeichnet.

KLAUSEWITZ: Vielen Dank.

NACK: Aber wir wollen gleich gestehen und uns distanzieren.

FRIEDRICHSBERG: Bitte eins nach dem anderen. Also, ich höre.

SCHABER: Wir sind eine Organisation.

NACK: Eine Organisation von Kunstfreunden.

KLAUSEWITZ: Kunstliebhabern.

FRIEDRICHSBERG: Von mir aus.

PITZ: Wir sammeln, pflegen und ergötzen uns.

FRIEDRICHSBERG: An der Kunst.

LÖWENSTEIN: An der Kunst. Da wir aber nicht an jedweder Kunst Gefallen finden, betreiben wir mit dem Teil der Kunst, der für uns von geringerer Bedeutung ist, einen schwungvollen Handel. Schon seit Jahren. Meine Brüder haben damit angefangen.

FRIEDRICHSBERG: Und Ihre Brüder sind die beiden Borsigs.

LÖWENSTEIN: Woher wissen Sie?

FRIEDRICHSBERG: Der Siegelring.

LÖWENSTEIN: Sie sind ein Schlitzohr.

FRIEDRICHSBERG: Warum heißen Sie dann Löwenstein?

LÖWENSTEIN: Bin ein Halbbruder. Mein Sohn kümmert sich in der Hauptsache um meine beiden Brüder.

FRIEDRICHSBERG: Und warum heißt der dann Gatter?

LÖWENSTEIN: Hat den Namen seiner Frau angenommen.

FRIEDRICHSBERG: Aha. Also in Ihrer Familie möchte ich nicht stecken. Zurück zum Handel mit Kunst. Das erklärt nicht die vielen Todesfälle.

LÖWENSTEIN: Man kann nur mit Kunst handeln, wenn Kunst genug vorhanden ist. Also haben sich meine Brüder schon vor vielen Jahren dem Kunstdiebstahl verschrieben. Damit haben sie sehr viel Geld verdient. Die Nachfrage wurde immer größer, die beiden brauchten helfende Hände, ich kam dazu, habe irgendwann die Leitung übernommen, die Organisation wuchs. Pitz ist dabei …

PITZ: Weil ich die zusammengeklaute Kunst bei uns im Auktionshaus bei Geheimversteigerungen an den Mann gebracht habe.

NACK: Und wir haben in unserem Kaufhaus nach Ladenschluss Verkäufe für eine erlesene und sehr spezielle Klientel gemacht. Da ging es um exquisite, seltenste Kunst.

FRIEDRICHSBERG: Und wie mischen Sie da mit, Frau von Klausewitz?

KLAUSEWITZ: Ich bin für gewisse Sammelgebiete zuständig. Wir haben das nach Interessensgebieten aufgeteilt.

LÖWENSTEIN: Gehörte der tote Köster nicht auch zu Ihrer Gruppe?

KLAUSEWITZ: Nein, der nicht. Wir kannten ihn, wir kannten ihn gut, weil er sehr oft auf Auktionen gegangen ist und sehr an bildender Kunst interessiert war.

LÖWENSTEIN: Er hat einen großen Fehler begangen: Er hat auf der Auktion das Päckchen mit dem Christbaumschmuck und das Lametta ersteigert. Ich habe auch mitgesteigert. Am Telefon. Als Dr. Borsig. Aber dann war Köster im Besitz der Kugeln, die ihm nicht zustanden.

FRIEDRICHSBERG: Und was hat es jetzt mit diesen Christbaumkugeln und dem Lametta auf sich?

LÖWENSTEIN: Das Lametta ist höchst selten und wertvoll! Es ist das erste handwerklich gefertigte Lametta der Welt aus dem Jahre 1802.

FRIEDRICHSBERG: Tod unter Lametta.

LÖWENSTEIN: Ach, wissen Sie, alles hat so friedlich angefangen: mit Kunst und Sammelleidenschaft.

FRIEDRICHSBERG: Und … äh … die Kugeln?

LÖWENSTEIN: Ach, die Kugeln …?! Jaaa … ja, vor vielen Jahren haben wir die Namen aller Mitglieder unserer Organisation auf kleine Zettelchen geschrieben und in die Christbaumkugeln gesteckt. Als Sicherheit. Zur Erinnerung, dass wir zusammenhalten. Mein Bruder hat sie fälschlicherweise in die Auktion gegeben. Er ist verwirrt, Sie haben ihn ja erlebt. Und dann hat dieser Köster sie erworben. Deshalb musste er sterben und die Kugeln mussten unbedingt wieder in unseren Besitz kommen.

KLAUSEWITZ: Im Übrigen fand ich die Todesart sehr originell.

PITZ: Ich überhaupt nicht. Ich musste mir die ganze Bescherung ansehen.

LÖWENSTEIN: Na und? Ich hatte die Arbeit. Schön war das nicht.

FRIEDRICHSBERG: Womit wir bei den Morden wären. Was sollte das mit der Annonce? »Wir erfüllen Ihnen jeden Wunsch. Die Todesart bestimmen Sie«?

LÖWENSTEIN: Das diente einzig und allein dazu, Verwirrung zu stiften und von dem eigentlichen Grund für meine Morde abzulenken.

FRIEDRICHSBERG: Versteh ich nicht.

LÖWENSTEIN: Das ist der Trick bei der Sache: Damit nicht auffällt, dass es uns eigentlich um seltene und wertvolle Kunst geht, bin ich auf den genialen Gedanken gekommen, das mit den Morden zu kaschieren.

KLAUSEWITZ: Angefangen hat alles mit dem Toten aus dem Himmel.

SCHABER: Gundolf Buster!

PITZ: Ja, das war eigentlich einer unserer Kunden.

KLAUSEWITZ: Buster war sauer, dass er beim letzten Mal eine Skizze Caspar David Friedrichs nicht finanzieren konnte. Eigentlich nicht unser Problem.

LÖWENSTEIN: Aber er hatte unsere Visitenkarte dabei: »Verlangen Sie Dr. Borsig!«

FRIEDRICHSBERG: Ihre Visitenkarte?!

LÖWENSTEIN: Ja, meine Brüder gaben sie Leuten, die seltene Kunstgegenstände kaufen wollten.

KLAUSEWITZ: Und dieser Buster wollte unsere Organisation auffliegen lassen.

LÖWENSTEIN: Ich habe ihn beseitigen lassen. Leider haben diese Idioten die Karte übersehen. Um diesen Fauxpas zu kaschieren, haben wir allen weiteren Toten ebenfalls eine Karte zugesteckt.

FRIEDRICHSBERG: Ts! Sie verraten sich selber?

LÖWENSTEIN: Ja, das ist doch die Logik dahinter: Wir zeigen mit dem Finger auf uns, um von uns abzulenken. Sollte jemand die Brüder Borsig besuchen, wird er sofort feststellen, dass von ihnen keine Gefahr ausgeht. Das ist doch genial.

Alle lachen.

FRIEDRICHSBERG: Naja, so genial nun auch wieder nicht, sonst wäre ich Ihnen ja nicht auf die Schliche gekommen. Und dafür haben Sie jetzt wie viele Menschen umgebracht?

LÖWENSTEIN: 24. Nicht mitgerechnet die vier Leute von mir, die Sie im Eis versenkt haben. Und die Gruppe, die das Erdloch für immer geschluckt hat. Ich glaub, es waren fünf. Nein, sechs.

FRIEDRICHSBERG: Und wer ist die tote Frau auf meinem Hotelzimmer?

LÖWENSTEIN: Das ist … hehehe, das war die Ehefrau von Otmar Köster. Sie hat Verdacht geschöpft und mich mit dem Tod ihres Mannes in Verbindung gebracht.

FRIEDRICHSBERG: Und wie haben Sie sie hierher gelockt?

LÖWENSTEIN: Ich habe sie eine Reise über Weihnachten nach Nordernhoog gewinnen lassen.

FRIEDRICHSBERG: Haha! Und schon hatten Sie sie da, wo Sie sie haben wollten.

LÖWENSTEIN: Bedauerlicherweise hat sie eine Freundin mitgebracht.

FRIEDRICHSBERG: Die Frau im Auto.

LÖWENSTEIN: Ja, die haben wir auf der Fähre zurückgelassen. Und Frau Köster in Ihr Bett gelegt. Da hätten Sie der Polizei einiges zu erzählen gehabt.

FRIEDRICHSBERG: Sie haben doch nicht mehr alle Tassen im Schrank!

LÖWENSTEIN: Schlimmer noch: Ich habe nicht mehr alle Kugeln am

Baum.

FRIEDRICHSBERG: Und die Supermarkttante? Lüdge, der Mann mit dem Starkstrom, die Frau mit dem Café, das Ehepaar mit den Mandeln, die Banker …?

LÖWENSTEIN: Alles Ablenkung.

KLAUSEWITZ: Das war die Tarnung der Organisation.

SCHABER: Aber zudem ein lukratives Geschäft.

NACK: Die Killerorganisation war bald fast lukrativer als die Sache mit der Kunst.

FRIEDRICHSBERG: Und die Weihnachtsmannkiller?

LÖWENSTEIN: Willfährige Ausüber. Der Auktionator war ein Missverständnis.

FRIEDRICHSBERG: Und der Finanzminister?

LÖWENSTEIN: Der gehörte auch unserer Organisation an. Er musste sterben, weil er ab und an einen von uns bei Auktionen überboten hatte. Und das widerstrebt unseren Prinzipien. Also musste er weg.

NACK: Jessen gehörte auch zu uns. Den haben wir aus dem Weg geräumt, weil er sein Sammelgebiet verändert hat.

KLAUSEWITZ: Und wissen Sie, was ich gemacht habe? Sie werden es kaum glauben: Ich habe seinen Tod bei der eigenen Organisation bestellt. Originell, nicht wahr?! Aber was interessiert er sich auch für Fabergé-Eier?! Das ist mein Steckenpferd.

FRIEDRICHSBERG: Und die Weihnachtsmannmütze?

LÖWENSTEIN: Buster hat eine getragen. Die gehörte also von da an zum Gesamtbild.

NACK: Aber wir müssen eines klarstellen: Mit den Morden haben wir nichts zu tun, das ist alles Löwenstein gewesen.

FRIEDRICHSBERG: Aber Sie haben sich auch nicht davon distanziert.

KLAUSEWITZ: Nun ja, es hat sich rentiert. Man muss ja von was leben.

LÖWENSTEIN: Alle dachten, es ist um die Morde gegangen. Unsinn! Um die Kunst geht es! Immer schon! Wir haben mit den Morden von unserer eigentlichen Leidenschaft abgelenkt. Das mir die Sache mit der Annonce eingefallen ist und so viele Leute darauf angesprungen sind, das war ein Glücksfall!

FRIEDRICHSBERG: Ein Glücksfall.

LÖWENSTEIN: Also, Friedrichsberg, wo sind Kugeln und Lametta?

FRIEDRICHSBERG: Die werden Sie so schnell nicht finden. Wenn überhaupt!

24. Türchen

»Stille Nacht«

ERZÄHLER: Hobbydetektiv Friedrichsberg fingerte triumphierend aus der Innentasche seines Weihnachtsmannmantels eine dicke Zigarre hervor und steckte sie sich in den Mund.

Immer noch Weihnachtsparty.

FRIEDRICHSBERG: Sie gestatten doch, Herr Löwenstein. Würde gerne, während Sie suchen, auf der Gartenterrasse ein Rauchopfer bringen.

LÖWENSTEIN: Ja, aber verdammt noch mal, wo soll ich denn suchen?

ERZÄHLER: Der Dicke kramte Streichhölzer hervor, riss eines an und begann, an seinem Herrenlutscher zu paffen.

FRIEDRICHSBERG: Schauen Sie sich doch einfach um in diesem wunderschön dekorierten Weihnachtsparadies! Alles erstrahlt in weihnachtlichem Glanz. Und hier irgendwo werden Sie auch Ihre wertvollen Kugeln finden.

LÖWENSTEIN leicht hysterisch: Was?! Sie … Sie wollen damit sagen …

FRIEDRICHSBERG: Ich habe sie dort versteckt, wo sie am schwierigsten zu finden sind.

LÖWENSTEIN *hysterischer werdend*: Nur hier in diesem Raum?

FRIEDRICHSBERG: Wo denken Sie hin? Das Hotel ist groß. Und es ist überall geschmückt.

LÖWENSTEIN: Die finde ich doch nie mehr wieder!

FRIEDRICHSBERG: Nun, es wird schwierig.

LÖWENSTEIN: Sind Sie denn wahnsinnig?!

FRIEDRICHSBERG: Nö. Fantasievoll. Grad was Dekorationen angeht.

Sie gestatten, dass ich zum Qualmen ins Freie trete? Will Ihnen beim Suchen auch nicht im Wege stehen.

LÖWENSTEIN: Es reicht! Jungs, macht ihn kalt!

ERZÄHLER: Die drei letzten Weihnachtsmannkiller wollten gerade nach ihren Waffen greifen, als Alfons Friedrichsberg seinen Hals kurz reckte und nur …

FRIEDRICHSBERG: Zugriff!

ERZÄHLER: … brüllte, dass das Kristall in den Kronleuchtern sang, woraufhin zwölf andere Weihnachtsmänner ihre Waffen zogen und …

POLIZEI: Polizei! Alles auf den Boden!

ERZÄHLER: … riefen. Die drei Weihnachtsmannkiller gehorchten umstandslos. Derweil nutzte Löwenstein die kurze Ablenkung und sprang zum Büfett, um sich dort das elektrische Bratenmesser zu schnappen.

LÖWENSTEIN: Friedrichsberg! Das ist dein Ende!

ERZÄHLER: Mit ratternder Klinge ging er nun auf Friedrichsberg los. Doch der Dicke packte geistesgegenwärtig einen nahe gelegenen Dresdner Stollen und schlug diesen mit einem gezielten Schwinger dem ihm entgegeneilenden Löwenstein hart an die Schläfe, dass dieser mit einem heftigen Platsch in den Eierpunsch köpfelte und bewegungslos auf dem Dessert- büfett liegen blieb.

STRAATEN: Was hat er denn?

FRIEDRICHSBERG: Hm … eine Christstollen-Dröhnung.

DAHL: Du meinst, er macht nur ein Nickerchen im Likör?

FRIEDRICHSBERG: Na, hoffentlich verpennt er seine Bescherung nicht.

STRAATEN: Er liegt doch schon halb unterm Weihnachtsbaum …

FRIEDRICHSBERG: Und da ist er dem Objekt seiner Begierde näher, als er eben noch gedacht hat.

DAHL: Wie?

FRIEDRICHSBERG: Ich hab die Kugeln und das Lametta einfach da in den Baum gehängt.

STRAATEN: Du hast das gar nicht wild verteilt?

FRIEDRICHSBERG: Ach, so viel Arbeit würde ich mir doch nie machen.

DAHL: Und jetzt?

FRIEDRICHSBERG: Ich sammle das Zeug wieder ein und häng's mir zu Hause in den Baum.

STRAATEN: Da gehört's auch hin.

FRIEDRICHSBERG: Und es ist eine hübsche Erinnerung an den Tod unter Lametta.

Alle drei lachen.

Ende

»Epilog«

ERZÄHLER *ganz leise, wie als wolle er nicht stören*: Wir begeben uns jetzt noch für einen letzten kurzen Augenblick in die Kellergewölbe von St. Bartholomäi, einer trostlosen psychiatrischen Anstalt, also Klapse.

Damenschuhe laufen über lange Kellerflure, große Türen werden geöffnet, verschlossen.

ÄRZTIN *beruhigend, ironisch*: Und Sie glauben also, Sie sind der Weihnachtsmann.

LÖWENSTEIN *erbost*: Was?! Ich bin der Weihnachtsmann!

ÄRZTIN *abfällig*: Weihnachtsmann … *darauf eingehend:* Hast du denn auch Wünsche?

LÖWENSTEIN *traurig*: Ja, Christbaumkugeln … *im Befehlston:* Und ich verlange, umgehend Dr. Borsig zu sprechen! *Lacht irre.*

Tod unter Lametta 2

Vorspiel

Weihnachtliche Klänge. Dann Einblendung in Kneipe, man hört Stimmen, Bier wird gezapft, Hochprozentiges eingeschenkt.

MANN: Mach doch mal das Weihnachtsgedudel aus, es ist ja noch ein paar Tage hin!

REGIE *via Intercom*: Aber hier steht: weihnachtliche Klänge, dann Einblendung in Kneipe, man hört Stimmen, Bier wird gezapft, Hochprozentiges eingeschenkt …

MANN: Ich halte diese ständige Musikberieselung überall aber nicht mehr aus!

REGIE *via Intercom*: Aber nur so verstehen unsere Hörer, zu welcher Jahreszeit das Stück spielt …

MANN: Dazu müssen Sie nur in den Kalender gucken. Also: Tu uns den Gefallen!

Dem Antrag wird Folge geleistet und die Musik stoppt.

MANN: Geht doch.

Die Türe geht auf, ein weiblicher Gast außer Atem betritt den Raum, kommt näher, setzt sich an den Tresen.

1. Türchen

»Frau Woffner durch ein Dornwald ging«

RENATE WOFFNER: Puh … so was … also … das … das hab ich ja noch nie … im Leben noch nicht … einen Whiskey bitte!

Flasche wird geöffnet und es wird eingeschenkt.

RENATE WOFFNER: Das muss ich erst mal … kann man ja keinem erzählen … unfassbar… na gut, Ihnen kann ich's ja sagen … sind ja unter uns.

Glas wird vor sie gestellt.

RENATE WOFFNER: Ah, danke Ihnen … *trinkt Whiskey aus.* Gleich noch einen, bitte.

Erneutes Einschenken.

RENATE WOFFNER: Ich … ich hab … nee, anders … von vorne: Also ich laufe vorhin durch dieses Waldstück. Hintern Haus den Hang runter. Bevor der See kommt. Durch dieses dichte dunkle Waldstück … *trinkt.* Noch einen!

Einschenken.

RENATE WOFFNER: Ich stapfe also durch den meterhohen Schnee. Ziemlich anstrengend das Ganze. Es wird langsam dämmerig. Will deshalb zurück ins Hotel, in die Sauna.

Es fängt auch noch stärker an zu schneien. Ich sehe schlecht. Ich bleib an irgendwas hängen, stolpere, pralle gegen eine Tanne, Schnee fällt von den Zweigen. Und da steht es plötzlich vor mir. Dieses Wesen, irgendwie … ja … irgendwie … wuschelig … ein Schneemensch … *trinkt.*

Erneutes Einschenken.

RENATE WOFFNER: Ja, ein Schneemensch. Wie er im Buche steht: groß, weiß, zottelig, riesige Pranken. Er sieht mich, ich sehe ihn, er dreht sich weg, dreht sich noch mal zu mir um und reißt sein Maul auf und brüllt in einer ohrenbetäubenden Lautstärke. Das ist mir durch Mark und Bein gegangen … *trinkt.*

Einschenken.

RENATE WOFFNER: Der … der hätte mich … der hätte mich töten können. Ich bin ganz knapp mit dem Leben davongekommen. Ich habe soeben … *trinkt* … den Yeti überlebt.

Die Frau kippt vom Barhocker.

ERZÄHLER: Der Schwarzwald – dieser dunkle, majestätische Forst – schwarz leuchtend, voll dunkel mächtiger Tannen (daher vermutlich auch sein Name), hat im Laufe der Zeiten schon viele Leben geschluckt und nie wieder hergegeben. Auf seinen Lichtungen zeigt er sich wunderschön, sonnendurchflutet, voller Harmonie und Feinsinn und lockt so den Wanderer tiefer in seine Eingeweide, um ihn dort, wo er am schwärzesten und dichtesten ist, dort, wo kein Lichtstrahl noch die Baumkronen durchdringt, dort, wo kein Laut je aus dem Dickicht schlüpft, dort, wo die berühmt-berüchtigten Wipfelhockrufer, die in den Wipfhocken baumeln, Verziehung, äh … Verzeihung, in den Baumhocken, in den Hockbaum, Wipfbäumen … Herrschaftszeiten … wo die berühmt-berüchtigten Wipfelhockrufer in den Baumwipfeln hocken und über viele Kilometer hinweg ihre traurigen Weisen rufen, dort, wo sich Sagengestalten und Märchengeschöpfe tummeln, dort, wo windige Spukläufer durchs geästige Unterholz huschen und den armen Wanderer fast zu Tode erschrecken, dort, wo vergessene Bergmänner aus vor Urzeiten verschütteten Stollen jammernd wimmern, dort, wo steinalte Korinthen speien, wo uralte Geister und glitschige Nixen (Stichwort: Mummelsee) arglose Bötchenfahrer in die Tiefen des Sees ziehen und nimmer loslassen, dort, wo knorrig-windschiefe Bauernhäuser den Wechseln der Zeiten trotzen, dort, wo jedermann fragt: »Vogesen hin?«, dort, wo um diese winterliche Jahreszeit die Kälte ungnädig auf den Höhen hockt und alles in eisiges Weiß kleidet, um ihn dort zu verdauen. Mein Gott, wer hat denn das geschrieben?! Äh, nun, hier also spielt unsere mörderische Geschichte, die nur sehr wenige unserer Protagonisten heil überstehen, um nicht zu sagen: überleben werden.

WOFFNER: Ich bin doch noch nicht tot?!
ERZÄHLER: Aber sturzbetrunken vom Hocker gefallen.
WOFFNER: Angeheitert. Bestenfalls: leicht angeheitert.
ERZÄHLER: Äh … ja. Und den Yeti gibt's hier gar nicht.

Entferntes Yeti-Brüllen.

ERZÄHLER: Also sollte es nicht geben.

WOFFNER: Er war es aber.

ERZÄHLER: Ruhe! Hier gibt es höchstens den Dilldapp. Vielleicht noch den Wolpertinger. Aber bitte, ich war nicht dabei, ich habe es nicht gesehen.

WOFFNER: Eben.

ERZÄHLER: Jetzt ist aber gut!

WOFFNER: Und was für 'ne mörderische Geschichte soll hier spielen?

ERZÄHLER: Kann ich Ihnen sagen. Aber halt! Stopp! Da sind wir doch noch lange nicht!

2. Türchen

»Eine Muh, eine Mäh«

ERZÄHLER: Wir sind ja noch ganz woanders. Nicht im Schwarzwald, ganz im Gegenteil, wir befinden uns noch etwa 500 km und 14 Tage entfernt, in weitestgehend waldlosen, urbanen Gefilden, in einem nach Bohnerwachs und Kohlrouladen riechenden Hausflur eines Mehrfamilienhauses der späten 1950er Jahre, im Parterre, knapp hinter der Haustüre, kurz vor den Briefkästen.

FRIEDRICHSBERG *sucht nach Schlüssel*: Wo habe ich denn jetzt … wo ist denn schon wieder dieser … gerade eben war er doch noch … *hat endlich den Schlüssel gefunden* … ahhh, da isser ja. Na, dann woll'n mal sehen.

ERZÄHLER: Der an Intelligenz und Leibesfülle schwergewichtige Rentner und Amateurkriminologe Alfons Friedrichsberg …

FRIEDRICHSBERG: Moooment. Nimmt jetzt schon wieder so eine makabre Spitzbubenjagd ihren Lauf?
ERZÄHLER: Das kann man wohl sagen.
FRIEDRICHSBERG: Kann man sich denn nicht einmal im Jahr in Ruhe auf Weihnachten vorbereiten? Ich hab auch noch nichts geschmückt.
ERZÄHLER: Könnten mal alle Figuren aufhören, sich in die Geschichte einzumischen?!
FRIEDRICHSBERG: Wir sind die Geschichte!
ERZÄHLER: Gut, blöd ausgedrückt. Kann ich hier jetzt endlich mal in Ruhe erzählen?
FRIEDRICHSBERG: Bitte. Bitte. Aber wenn's wieder brenzlig werden sollte?
ERZÄHLER: Klären wir beide das auf dem kurzen Dienstweg.

FRIEDRICHSBERG: Die Firma dankt.

Er schließt den Briefkasten auf, holt einen Brief heraus, den er mit dem Finger aufreißt und ihm ein Blatt entnimmt.

FRIEDRICHSBERG: So, was haben wir denn hier? *liest* … teilen wir Ihnen hiermit ganz herzlich … im Preisausschreiben gewonnen … Reise in der Weihnachtszeit für zwei Personen nach Bad Herrenschwund. Wo soll das denn sein?! Ah, wie stets, da steht's: im Schwarzwald. Na, gute Nacht. Ich dachte, das sei ein Gewinn und keine Strafe. Und für wie lang? Eine Woche, zwei Personen … 5-Sterne-Wellnesshotel »Drei Raben« … Vollpension, inklusive Getränke. Hm … na, die treiben wir mal hübsch an den Rand des Ruins.

Friedrichsberg holt sein Handy hervor und wählt eine Nummer.

STRAATEN *via Telefon*: Ja, Straaten?
FRIEDRICHSBERG: Friedrichsberg hier, es gibt eine gute und eine schlechte Nachricht.
STRAATEN *via Telefon*: Ich möchte beide nicht hören.
FRIEDRICHSBERG: Wir haben gewonnen. Eine Reise für zwei Personen.
STRAATEN *via Telefon*: Schön. Und was ist die gute Nachricht?
FRIEDRICHSBERG: Du gibst die Dame.
STRAATEN *via Telefon*: Was für eine Dame?
FRIEDRICHSBERG: Naja, wird ja wohl ein Doppelzimmer sein. Folglich Doppelbett. Und damit niemand auf dumme Gedanken kommt.
STRAATEN *via Telefon*: Ach so, du meinst, die könnten denken, wir könnten … wir könnten … also, es könnte sein … man könnte meinen … wir sind homo … homos … wir sind sch … wir sind schw …
FRIEDRICHSBERG: Gibst du die Dame?
STRAATEN *via Telefon*: Selbstverständlich. Und was machen wir mit Dahl?

FRIEDRICHSBERG: Oh … ja, dem könnten wir einen Pelz überziehen, dann geht er als Haustier durch.

STRAATEN *via Telefon*: Faultier.

FRIEDRICHSBERG: Beispielsweise. Apropos Preisausschreiben: Erinnerst du dich eigentlich noch an die Sache mit dem Preisausschreibenmörder?

STRAATEN *via Telefon*: Sagt mir nichts.

FRIEDRICHSBERG: Du hast ein Gedächtnis wie ein Sieb.

STRAATEN *via Telefon*: Immerhin habe ich noch eins.

FRIEDRICHSBERG: Sieb?

STRAATEN *via Telefon*: Ein Gedächtnis. Was war denn mit diesem Preisausschreibenmörder?

FRIEDRICHSBERG: Ein höchst skurriler Fall. Anfangs hat ein Mann an einem Kiosk Leute beobachtet, die sich Rätselhefte gekauft haben. Später hat er sie sogar im Zeitschriftenladen am Hauptbahnhof beobachtet.

Rückschau.

KIOSKFRAU: Was darf's denn sein? Wie immer, Herr Lause?

LAUSE: Ja, ja, wie immer.

KIOSKFRAU: Schön, dann hätten wir da einmal »Rätsel 2000«, den »Knobelmaxx«, äh … macht 4,35, Herr Lause.

LAUSE: Ja, hier, oh, ich hab nur einen 20er.

KIOSKFRAU: Macht nichts, kann ich kleinmachen.

LAUSE: Ja, dann: Danke! Wiedersehen!

KIOSKFRAU: Bis nächste Woche, Herr Lause.

LAUSE: Wiedersehen.

Wieder im Hausflur bei Friedrichsberg.

STRAATEN *via Telefon*: Tolle Geschichte.

FRIEDRICHSBERG: Ja. Er ist denen nach Hause gefolgt und hat sie tagelang beobachtet. Er ist davon ausgegangen, dass sie diese Rätselhefte lösen und auch der Versuchung nicht widerstehen können, die Lösungen wegzuschicken, in der Hoffnung, etwas zu gewinnen. Und an diese Gewinne wollte er ran.

STRAATEN *via Telefon*: Und wie hat er das geschafft?

FRIEDRICHSBERG: Er hat die Leute bespitzelt.

Rückschau.

RÄTSELHEFTMÖRDER: Lause, Aufstehen 7:30 Uhr. Vermutlich Morgentoilette folgend. 8:05 Uhr Lause geht zum Bäcker. 2 Sesam, 1 Mohn, 1 Zeitung, jeden Morgen. 8:30 Uhr Rückkehr Wohnung Lause. Frühstück. 9:30 Uhr Einkauf. 10:30 Uhr Rückkehr Wohnung Lause. Zubereitung Mittagessen. 13:00 Uhr Mittagsruhe. 14:20 bis 14:40 Uhr Eintreffen der Post. 15:30 Uhr Zeit für Freizeit. Gegen 18:00 Uhr Rückkehr Wohnung Lause. Ab 19:00 Uhr Fernsehen. 22:30 Uhr Bettruhe.

Wieder im Hausflur bei Friedrichsberg.

STRAATEN *via Telefon*: Ja, und?

FRIEDRICHSBERG: Er hat vor allem den Postzugang beobachtet.

STRAATEN *via Telefon*: Den Postzugang?

FRIEDRICHSBERG: Also, die Postboten. Und wenn die die großen Pakete angeschleppt haben, hat er, nachdem die wieder abgezogen waren, bei den Leuten geklingelt.

Rückschau.

LAUSE: Ja?

RÄTSELHEFTMÖRDER: Paketpost für Lause.

LAUSE *via Gegensprechanlage*: Wie? War doch schon.

RÄTSELHEFTMÖRDER: Ja, ja.

LAUSE *via Gegensprechanlage*: Äh, ja, grad eben.

RÄTSELHEFTMÖRDER: Ja, ja.

LAUSE *via Gegensprechanlage*: Ja, versteh ich nicht.

RÄTSELHEFTMÖRDER: Nein, ist jetzt noch mal.

LAUSE *via Gegensprechanlage*: Ach so. Ja, dann kommen Sie mal rauf.
RÄTSELHEFTMÖRDER: Danke schön.

Man hört den Türsummer, die Tür, Treppenschritte, später auch Würgegeräusche und Tod.

RÄTSELHEFTMÖRDER *lacht irre*.

Wieder im Hausflur bei Friedrichsberg.

FRIEDRICHSBERG: Dann ist er zu denen ins Haus, hat die Rätsellöser erdrosselt, einmal auch erschlagen, hat den Gewinn an sich genommen und auf den Leichen ein Rätselheft hinterlassen.
STRAATEN *via Telefon*: Der hätte doch jeden x-beliebigen Paketboten abpassen können.
FRIEDRICHSBERG: Die ganze Sache ist zwanzig Jahre her, da gab es noch nicht diese ganze dummsinnige Bestellerei im Internet, da war ein Paket noch etwas Besonderes. Und es ging ihm ja auch und überhaupt um den Gewinn aus dem Rätselheft.
STRAATEN *via Telefon*: Hat sich's denn gelohnt für ihn?
FRIEDRICHSBERG: Eine Münzsammlung, bestehend aus 5-D-Mark-Stücken, drei Kochtopf-Sets, zwei Heizdecken, sieben Fußwärmer …

Rückschau.

RÄTSELHEFTMÖRDER *irre*: Hahaha … Campingstühle – zweimal und Tischchen dazu, Gartenzwerge 20 Stück, hahahaha, was ist denn das? Gutscheinheft der Deutschen Bahn? Na ja. Übernachtung in Tirol, Woche Urlaub auf Mallorca. Hahahahaha …

Wieder im Hausflur bei Friedrichsberg.

STRAATEN *via Telefon*: Wie viele Morde hat er dafür begehen müssen?
FRIEDRICHSBERG: Achtzehn.
STRAATEN *via Telefon*: Oh Mann. Und haben sie ihn gefasst?

FRIEDRICHSBERG: Nicht sie. Ich!

STRAATEN *via Telefon*: Ach. Und wie?

FRIEDRICHSBERG: Hab nach ihm Ausschau gehalten, wie er nach seinen Opfern Ausschau hält.

STRAATEN *via Telefon*: Und?

FRIEDRICHSBERG: Hab ihm einen besonders fetten Köder hingeworfen, den er einfach nicht verschmähen konnte.

Rückschau. Am Kiosk.

KIOSKFRAU: So, einmal der »Knobelmax«.

FRIEDRICHSBERG: Wissen Sie, bei Preisausschreiben juckt's mir sofort in den Fingern.

RÄTSELHEFTMÖRDER: Ach was.

FRIEDRICHSBERG: Ja, ich rätsel alles weg.

RÄTSELHEFTMÖRDER: Ach nee.

FRIEDRICHSBERG: Man kennt mich hier nur als den dicken Onk … also der … äh, als der Rätselonkel … ja, rätsel … äh, fabelhaft, fabelhaft.

RÄTSELHEFTMÖRDER: Was Sie nicht sagen.

FRIEDRICHSBERG: Aber nur Preis … äh … äh … Preisausschreiben. Will ja auch was gewinnen, nich?!

RÄTSELHEFTMÖRDER: Aha. Soso. Hmhm.

Wieder im Hausflur bei Friedrichsberg.

STRAATEN *via Telefon*: Und dann?

FRIEDRICHSBERG: Der Paketbote bringt mir den Gewinn, ein Riesenpaket, der Bote verschwindet. Kurz drauf klingelt der Mörder bei mir an, ich öffne, der zieht sein Hanfseil – Hanfseil! – hervor, will mich erdrosseln …

STRAATEN *via Telefon*: Da hat er hoffentlich ein langes Seil dabeigehabt.

FRIEDRICHSBERG: Wieso?

STRAATEN *via Telefon*: Bist ja so ein bisschen füllig unterm Kinn. Hast du eigentlich einen Hals? Kann mich grad nicht erinnern.

FRIEDRICHSBERG: Ja, danke! Willst du nicht das Ende der Geschichte hören?

STRAATEN *via Telefon*: Unheimlich gerne.

Rückschau. An Friedrichsbergs Wohnungstür, es klingelt.

FRIEDRICHSBERG: Komme gleich!

Türe wird geöffnet.

RÄTSELHEFTMÖRDER: Haha, ich bin der Rätselheftmörder, hahahaha.

FRIEDRICHSBERG: Zu früh gefreut, Bürschchen.

RÄTSELHEFTMÖRDER: Wieso?

FRIEDRICHSBERG: Der Preis ist 'ne Trockenhaube mit einem Extrasatz Lockenwicklern!

RÄTSELHEFTMÖRDER: Aber ich hab doch 'ne Glatze!

FRIEDRICHSBERG: Eben! Und ich weiß, wer Ihnen jetzt doch noch ein paar Locken dreht! Haha!

Gerangel, Handschellen, Verhaftung.

Wieder im Hausflur bei Friedrichsberg.

STRAATEN *via Telefon*: Dass dir nie die dummen Sprüche ausgehen!

FRIEDRICHSBERG: Ja, ja. Aber schon klickten die Handschellen um seine Gelenke, denn mit mir erwarteten ihn vier Polizeibeamte.

STRAATEN *via Telefon*: Dann konntest du den Gewinn ja behalten. Aber was hast du mit den Lockenwicklern gemacht, bei deinem spärlichen Haarkranz?

FRIEDRICHSBERG: Ich hab dem Mörder den Gewinn überlassen. Hat sich dann hinter dicken Mauern als Coiffeur verdingt …

STRAATEN *via Telefon*: … und weiter seine Rätselhefte gelöst.

FRIEDRICHSBERG: Ja. Hat der Anstalt damit schon zu einigen brauchbaren Ausstattungsteilen verholfen: drei Kaffeemaschinen, zwei Entsafter, einen Thermomix, ein Laufband, die Miete für einen

Ferienbungalow an der Ostsee …

STRAATEN *via Telefon*: Schon gut, schon gut, schon gut!

FRIEDRICHSBERG: … und eine Mittelmeerkreuzfahrt für sechs Personen. Haben sich die vom Personal zusammen mit dem Direktor eine nette Woche gemacht.

STRAATEN *via Telefon*: Ende gut, alles gut!

FRIEDRICHSBERG: Wie man's nimmt. Die Gelegenheit haben der Rätselheftmörder und ein paar Mitinsassen zur Flucht genutzt.

STRAATEN *via Telefon*: Und da hast du keine Angst, dass dich der Rätselheftmörder noch mal aufsucht und sein grausames Werk an dir vollendet?

FRIEDRICHSBERG: Solange ich bei keinem Preisausschreiben gewinne, bin ich sicher!

STRAATEN *via Telefon*: Aber du hast doch gerade gewonnen!

FRIEDRICHSBERG: Mist, du hast recht! Und ich glaube, da kratzt auch schon wer an der Haustür!

STRAATEN *via Telefon*: Friedrichsberg!

FRIEDRICHSBERG: Die Bullerei hat die doch längst wieder eingesammelt!

STRAATEN *via Telefon*: Du kannst einen wahnsinnig machen!

FRIEDRICHSBERG: Wahnsinnig war nur der Mörder – hat sich zusammen mit den anderen Ausbrechern in dem Bungalow an der Ostsee einquartiert. Das war so einfach, dass es sogar Hauptkommissar Heidenreich bald rausgefunden hatte.

STRAATEN *via Telefon*: Na, mir ist die Lust auf Preisausschreibengewinne jetzt jedenfalls vergangen!

FRIEDRICHSBERG: Genau die richtige Stimmung, um mit mir nach Bad Herrenschwund aufzubrechen. Stürzen wir uns ins nächste Abenteuer!

STRAATEN *via Telefon*: Abenteuer? Ich dachte, Urlaub?

FRIEDRICHSBERG: Na, irgendein Geist wird sich dort bestimmt jagen lassen.

STRAATEN *via Telefon*: Was für ein Geist schon wieder?

FRIEDRICHSBERG: Im Dezember?! Na, sicher doch der Geist der Weihnacht!

3. Türchen

»O, du fröhliche«

Bahnhofsatmosphäre, alte Dampfloks, Türen schlagen zu, Trillerpfeife.

ROSSI: Bitte, steige alle eine jetze. Dere Zuge fahrte ab. Si, pronto, pronto. Sinde nickte aufe dere Fluckte, abere musse mache dalli dalli … danke, danke … pronto, pronto, pronto.

ERZÄHLER: Ein schmucker ICE Hildegard von Bingen auf dem Weg gen Süden wäre schön gewesen. Es gab aber leider nur ein klappriges, ausgemustertes Nachkriegsmodell der Deutschen Bundesbahn für die Fahrt nach Bad Herrenschwund. Alfons Friedrichsberg und Jupp Straaten saßen drei Tage nach dem Öffnen des Schreibens unbequem in einem Erste-Klasse-Abteil, also in dem, was man früher dafür hielt, und langweilten sich.

FRIEDRICHSBERG: Wann sind wir endlich da-ha? Aua, müde, Pipi, Hunger, Durst.
STRAATEN: Ist ja gut.
FRIEDRICHSBERG: Kann ich'n Eis?
STRAATEN: Es reicht, Friedrichsberg.
ZUGBEGLEITER: Überraschung! Ja, liebe Freunde, da bin ich wieder! Euer Zugbegleiter der Herzen! Da habt ihr wohl nicht mit gerechnet, was? Nun, was soll ich sagen?! Wir sitzen im Zug, und der Zug fährt. Nach 'ner Stunde Stillstand. Das ist ja schon mal was. Wir haben eine Verspätung, ja, wie groß die ist, das kann ich Ihnen nicht sagen, aber ist egal, denn der Weg ist das Ziel. Und außerdem liegt's nicht an mir, sondern am Wetter draußen. Es hat seit zwei Tagen ununterbrochen geschneit. Winterwonderland, wie der Russe sagt! Da kann der Nikolaus bald kommen. Auch so ein kapitalistischer Unfug. Im Bordbistro

gibt's 'n leckeren Bohneneintopf, der ist prima, da gibt's schön Sodbrennen von und da kann man bis spät in der Nacht schön selber Musik machen. Aber wir können Ihnen da auch noch 'ne Bockwurst reinbrechen. Dazu gibt's noch 'ne Brause, das ganze Arrangement für 19,50 Euro. Also, ich würd's nehmen. Und die aus'm Bistro freuen sich doch 'n Loch inne Tapete. Sooo, dann sag ich mal thank you hier für das Reisetravelling with the Deutsche Bahn, macht's gut, Freunde, und Ahoi. Das Englisch spare ich mir heute. Man versteht mich ja schon auf Deutsch nicht. Ich könnt ein bisschen Russi ... anbie ... *bricht ab.*

ERZÄHLER: Alfons Friedrichsberg kramte eine Zigarre aus der Innentasche seines Jacketts hervor, riss ein Streichholz an und paffte genüsslich.

DAME: Sie wollen doch hier nicht rauchen?!
FRIEDRICHSBERG: Von Wollen kann keine Rede sein. Ich bin doch schon mittendrin.

ERZÄHLER: Friedrichsberg stieß genüsslich dicke Rauchkringel aus.

DAME: Das ist hier ein Nichtraucherabteil.
FRIEDRICHSBERG: Wenn dem so wäre, würde ich ja wohl nicht rauchen, oder? Mal zum Optiker rollern mit dem Nasenfahrrad. Oder einmal mit 'ner Runde Spüli drüber, damit sich der Nebel von den Gläsern lichtet.
DAME: Sie sollten sich was schämen.
FRIEDRICHSBERG: Was denn noch alles?
DAME: Das ist ja wohl eine Unverschämtheit.
FRIEDRICHSBERG: Stimmt, das ist sie.

Die Dame verlässt entrüstet das Abteil.

ZUGBEGLEITER: Hallo, ich hab noch was vergessen: Den Blattplan Ihrer Faltreise hab ich grad aus'm Fenster geschmissen. Bringt eh nüscht. Thank you für choosing. Enjoy!

FRIEDRICHSBERG: Stört's dich?

STRAATEN: Was?

FRIEDRICHSBERG: Das Qualmen?

STRAATEN: Ernst gemeinte Frage?

FRIEDRICHSBERG: Nö.

STRAATEN: Sag mal, Alfons, was ist'n das für ein Riesenkoffer, den du mit dir rumschleppst?

FRIEDRICHSBERG: Der alte Überseekoffer von meinem Großonkel, dem Schmetterlingsforscher.

STRAATEN: Dein Großonkel war Schmetterlingsforscher?

FRIEDRICHSBERG: Ich glaube schon, er meinte, als ich noch ein Kind war, zu mir: Jetzt magst du vielleicht noch eine kleine dicke Raupe sein, aber bald wirst du dich wie ein Schmetterling in die Lüfte heben!

STRAATEN: Da hat er sich gründlich geirrt, aus der kleinen Raupe ist lediglich eine fette Made geworden.

ERZÄHLER: Die Made paffte ihrem Gegenüber eine üppige Rauchwolke ins Gesicht.

STRAATEN *hustet*: Und was hast du nun in dem riesigen Koffer?

FRIEDRICHSBERG: Smoking, Frack, das Abendkleid fürs Captain's Dinner …

STRAATEN: Du im Abendkleid! Dafür würd ich glatt was springen lassen.

FRIEDRICHSBERG: Wenn's dreistellig wäre, würde ich mir sogar noch die Beine rasieren.

STRAATEN: Keine Bilder! Die werd ich nie mehr los!

FRIEDRICHSBERG: Sei froh, dass du noch Bilder hast! Bei mir ist es nur noch ein Daumenkino in Schwarz-Weiß.

Rumoren und Gepolter aus dem Koffer.

STRAATEN: Aber sag mal, da ist doch Bewegung im Koffer.

FRIEDRICHSBERG: Ja.

STRAATEN: Führst du Tiere mit dir?

FRIEDRICHSBERG: Weiß nicht. Hab mich seit vier Tagen nicht geduscht. Wer weiß, was sich so unterm Wams angesammelt hat die letzten Tage.

STRAATEN: In dem Koffer? Was rumort da? Silberfische aus dem Badezimmer?

FRIEDRICHSBERG: Es wird wärmer …

STRAATEN: Ich will nicht weiter raten.

FRIEDRICHSBERG: Die Reise, die ich gewonnen habe, ist doch nur für zwei Personen. Das sind du und ich.

STRAATEN: Und?

FRIEDRICHSBERG: Ich konnte Dahl doch nicht alleine zurücklassen.

STRAATEN: Dahl steckt in diesem Trumm?

FRIEDRICHSBERG: So können wir ihn ungesehen ins Hotel schleppen.

STRAATEN: Ach, du bist doch wahnsinnig, Friedrichsberg!

FRIEDRICHSBERG: Ich hätte doch nie in den Koffer gepasst.

STRAATEN: Auch wieder wahr.

FRIEDRICHSBERG: Und so ist er mit und wir sparen eine Zugfahrkarte.

STRAATEN: Sollen wir ihn mal rauslassen für einen Moment? Zumindest kurz öffnen, er scheint uns ja was mitteilen zu wollen.

ERZÄHLER: Friedrichsberg kam der Bitte nach, öffnete den unförmigen Reisekoffer, und ein ermatteter Willi Dahl schaute heraus.

FRIEDRICHSBERG: Die Fahrkarten, bitte.

DAHL: Sehr witzig. Wenn ich mich nicht gerührt hätte … von alleine wärst du nicht auf die Idee gekommen, mich hier rauszulassen, oder?

FRIEDRICHSBERG: Wenn ich keinen Mucks mehr gehört hätte, wäre ich davon ausgegangen, dass du sanft entschlummert bist.

DAHL: Charmant.

4. Türchen

»Ich steh an deinem Koffer hier«

FRIEDRICHSBERG: Das erinnert mich an den Fall der »Jungfrau von Koffer«!
STRAATEN: »Jungfrau von Koffer« … Wer soll das denn sein?
FRIEDRICHSBERG: Nicht wer! Was!
STRAATEN: Aber müsste es dann nicht »Jungfrau IM Koffer« heißen?
FRIEDRICHSBERG: Wart's doch mal ab.

Rückschau. Bismarckplatz.

DAHL *dirigiert Friedrichsberg für ein Foto*: Noch ein bisschen weiter rechts … rechts! Rechts! Das andere rechts, dann ist gut!
FRIEDRICHSBERG: Hast du's jetzt?!
DAHL: Noch ein Stück … ja, jetzt störst du nicht mehr im Bild!

Wieder im Zug.

FRIEDRICHSBERG: Dahl und ich bewunderten gerade auf dem Bismarckplatz das Denkmal des alten Reichskanzlers.

Rückschau. Bismarckplatz.

DAHL: Hm … dass man heute keine Denkmäler mehr hat …
FRIEDRICHSBERG: Wir stehen doch gerade vor einem!
DAHL: Aber einem alten!
FRIEDRICHSBERG: Alle neueren sieht man doch noch täglich live und in Farbe in den öffentlich-rechtlichen Spartenkanälen, da muss man sich mit denen nicht auch noch die Städte vollstellen. Und wenn, müssten die heute ohnehin aus vollrecyclebarem Biokompost gemacht sein, und wer möchte schon leise vor sich hin

müffelnd in der Landschaft rumstehen.

A *kommt dazu*: Gehört der Ihnen?

FRIEDRICHSBERG: Meinen Sie den kleinen Dicken hier?

DAHL: Na, hör mal!

FRIEDRICHSBERG: Das ist Dahl, der gehört zu mir.

A: Nein, der Koffer?

FRIEDRICHSBERG: Wir nehmen doch unser Gepäck nicht zu 'ner Besichtigung mit!

A: Also dann ist das nicht Ihrer?

B *kommt dazu*: Was ist denn?

A: Ein Koffer – die beiden Herren hier behaupten, er würde nicht zu ihnen gehören.

FRIEDRICHSBERG: Das behaupten wir nicht, das wissen wir!

B: Ein Koffer, und er gehört nicht diesen beiden Herren? Das ist ja seltsam!

A: Ja.

C *kommt dazu*: Geht es um den Reisekoffer?

B: Ja, gehört der Ihnen?

C: Nein, wieso fragen Sie?

B: Die beiden Herren hier bestreiten, dass er ihnen gehört, und weil Sie sich gerade nach ihm erkundigt haben …

C: Ich habe diesen Koffer noch nie gesehen!

A: Und warum haben Sie dann nach ihm gefragt?

C: Entschuldigung, das ist ein Koffer, und die beiden Herren tun so, als ob er ihnen nicht gehöre!

FRIEDRICHSBERG: Wir haben diesen Koffer noch nie gesehen!

C: Aber da steht er doch!

D *kommt dazu*: Entschuldigung, wo ist denn das Problem?

A: Ich hab die beiden Herren nur gefragt, ob ihnen der Koffer gehört.

FRIEDRICHSBERG: Dieser Koffer gehört uns nicht! Wir wollten uns nur den Reichskanzler angucken!

D: Aha. Warum?

FRIEDRICHSBERG: Warum was?

D: Warum wollten Sie mit Ihrem Koffer da unseren Reichskanzler angucken?

B: Ich glaube … ich glaube, wir rufen jetzt die Polizei!

FRIEDRICHSBERG: Wegen des Koffers?

C: Ach, jetzt interessieren Sie sich auf einmal doch für den Koffer?!

FRIEDRICHSBERG: Nein!

D: Sie bleiben jetzt hier, bis die Polizei da ist! Wollen wir doch mal sehen …

POLIZEI: Polizei! Polizei! Lassen Sie uns mal durch, wir sind von der Polizei.

Wieder im Zug.

FRIEDRICHSBERG: Also rückte die Bullerei mit einer halben Hundertschaft wegen des Koffers an. Dann wurden wir festgenommen, und ein Bombenentschärfer machte sich an die Arbeit.

Rückschau. Bismarckplatz.

POLIZEI: So, Polizei! Stopp! Wir räumen jetzt den Platz und öffnen den Koffer!

B: Lasst doch mal die Kinder nach vorne!

Wieder im Zug.

STRAATEN: Und? Was war mit dem Koffer?

FRIEDRICHSBERG: Na ja, nichts! Jungfräulich!

STRAATEN: Wer?

FRIEDRICHSBERG: Der Koffer. Frisch aus'm Geschäft. Hat jemand nach'm Einkauf wohl einfach vergessen.

STRAATEN: Und? Die Pointe?

FRIEDRICHSBERG: Da sieht man mal, wo man mit der allgemeinen Panik hinkommt: Zwei unbescholtene Rentner auf Sightseeingtour und ein jungfräulicher Koffer werden zu Bombenattentätern auf den Reichskanzler gemacht!

DAHL: Ja, aber … der ist doch schon lange tot!

FRIEDRICHSBERG: Und das ist die Pointe!

Der Zug bremst, ein lautes Quietschen, ein Ruck geht durch den Zug, die drei schrecken auf.

DAHL: Was war das denn?

STRAATEN: Der Zug steht jedenfalls wieder.

ZUGBEGLEITER: Hallo, ich bin's, Ihr Zugbegleiter der guten Laune. Was soll ich sagen? Wir haben eine kleine Überraschung für Sie vorbereitet: Wir stehen. Ist das ein Ding? Und ich kann Ihnen nicht sagen, wie lange, denn wir stecken in einer Schneeverwehung. Das letzte Mal steckte ich mit dem Zug im Schnee fest, als ich 1981 von Pittuschkowskaja nach Wladiminsk ... Aber gut, da haben wir drei Wochen lang festgesessen. Aber da hat jeder seinen Selbstgebrannten rausgeholt, und es wurden richtig gemütliche Wochen. Das muss man schon sagen. Und denken Sie bitte an den Bohneneintopf. Den möchte ich Ihnen noch mal ausdrücklich ans Herz legen. Und nicht nur dahin. Und dann geht sie vielleicht auch bald weiter, unsere Fahrt nach Bad Herrenschwund. Thank you for ...

DAHL: Zug in Schneeverwehung ... Kommt mir irgendwie bekannt vor.

FRIEDRICHSBERG: Und wenn jetzt auch noch ein …

Ein weiblicher Schrei ertönt.

FRIEDRICHSBERG: Haha, ich hab's geahnt.
DAHL: Was machen wir denn jetzt?
FRIEDRICHSBERG: Nachschauen. Vielleicht sehen wir ja noch einen
scharlachroten Bademantel.
STRAATEN: Scharlachroten Bademantel?
FRIEDRICHSBERG: Von mir aus auch Kimono, aber rot! Ist 'ne andere
Geschichte.

ERZÄHLER: Friedrichsberg und Straaten liefen also in die Richtung,
aus der sie den Schrei vernommen hatten. Dahl blieb – vorsichts-
halber – im Koffer. Die Furcht vor der Fahrkartenkontrolle war
größer als allein im Gepäckstück von einem Mörder überrascht
und gemeuchelt zu werden.

ZUGFÜHRERIN *ruft wieder*: Hilfe! Zu Hilfe! Wir haben hier eine
Leiche.
STRAATEN: Sollten es nicht ein paar ruhige Tage werden?
FRIEDRICHSBERG: Schon … *triumphierend* … Aber nicht für Alfons
Friedrichsberg!
ZUGFÜHRERIN: Ein Toter im Speisewagen …
FRIEDRICHSBERG: Ich kann Sie beruhigen, am Essen hier ist er nicht
gestorben.
ZUGFÜHRERIN: Tot isser trotzdem!
FRIEDRICHSBERG *untersucht die Leiche*: … und zwar mause …
ZUGFÜHRERIN: Können Sie schon was sagen?
FRIEDRICHSBERG: Messerstiche, dem vielen Blut nach zu urteilen.
STRAATEN: Ziemlich unappetitlich.
FRIEDRICHSBERG: Das ist es im Bord-Bistro der Bahn immer. Ob mit
oder ohne Leiche. Und hatte ich nicht recht: roter Mantel!
STRAATEN: Ein Kimono ist das aber nicht.

ERZÄHLER: Nein, der Tote vor ihnen hatte einen roten Weihnachtsmannmantel an, eine Weihnachtsmannmütze auf dem Kopf und einen weißen Rauschebart.

FRIEDRICHSBERG: Beim letzten Mal waren das hier unsere Killer. Jetzt ist es unsere erste Leiche. Aber das hier ist interessant.

STRAATEN: Ein Knopf?

FRIEDRICHSBERG: Den hatte der Tote in der Hand – ein Uniformknopf!

ZUGFÜHRERIN: Stop. Was machen wir denn jetzt?

FRIEDRICHSBERG: Wer sind Sie überhaupt?

ZUGFÜHRERIN: Ich bin die Zugchefin.

FRIEDRICHSBERG *zerrt an ihrer Jacke*: Sehr gut, darf ich einmal vergleichen?

ZUGFÜHRERIN: He, was machen Sie da? Lassen Sie mich bitte los!

FRIEDRICHSBERG: Sehen Sie, damit wäre schon mal bewiesen, dass Sie es nicht waren!

ZUGFÜHRERIN: Wie bitte?

FRIEDRICHSBERG: Bei Ihnen ist noch alles dran ... äh, ich meine, Sie haben noch alle Knöpfe am Rock!

ZUGFÜHRERIN: Sie haben doch nicht mehr alle Tassen im Schrank.

FRIEDRICHSBERG: Und dieser hier sieht auch ganz anders aus als das Gebimmel bei Ihnen!

ZUGFÜHRERIN: Was bitte?

FRIEDRICHSBERG: Na, die Knöpfe! Der hier ist Italiener.

STRAATEN: Wer?

ZUGFÜHRERIN: Was?

FRIEDRICHSBERG: Der Knopf. Irgendwoher muss er ja kommen. So, und jetzt sehen Sie zu, dass wir weiterfahren können. Um den Rest hier kümmere ich mich. Sind die Türen noch alle verschlossen?

ZUGFÜHRERIN: Bis jetzt schon.

FRIEDRICHSBERG: Dann sorgen Sie dafür, dass das auch so bleibt. Solange sitzt der Mörder noch in der Mausefalle.

STRAATEN: Lass mich raten: Es sind zwölf Einstiche!

FRIEDRICHSBERG: Ruhe unsanft!

STRAATEN: Dann bin ich froh, dass wir nicht um 16.50 Uhr losge-
fahren sind!

ZUGFÜHRERIN: Ich kümmere mich mal um die Türen.

FRIEDRICHSBERG: Schneewehe, der rote Mantel, zwölf Einstiche …
fehlt nur noch ein halbverbrannter Brief.

STRAATEN: Schau mal … hier, unter seinem Kopf … ein Brief. Das
Papier stammt aus dem Wellnesshotel »Drei Raben«, da wollen
wir doch auch hin.

FRIEDRICHSBERG: Da scheinen ja aufregende Tage vor uns zu liegen.

5. Türchen

»Kommet, ihr Hirten«

ERZÄHLER: Am Bahnhof Bad Herrenschwund sah Friedrichsberg zu, dass sie die ersten waren, die ausstiegen.

Friedrichsberg und Straaten stapfen durch meterhohen Schnee.

STRAATEN: Warum hast du es so eilig … *räuspert sich, dann mit seiner Frauenstimme*: Ich hatte kaum Zeit, mich richtig umzuziehen.

FRIEDRICHSBERG: Wollte nur nicht verpassen, wer sonst so mit uns aussteigt.

ROSSI: Bitte, bisschene schnellere aussesteigene jetzt. Si, pronto, pronto. Sinde nickte auffe de Fluckte, abere dalli … danke, danke …

ERZÄHLER: Der Dicke fingerte sich eine Zigarre aus der Manteltasche und steckte sie genüsslich in Brand.

FRIEDRICHSBERG: Interessant … interessant …

STRAATEN: Was hab ich nun schon wieder verpasst? Was war so interessant?

FRIEDRICHSBERG: Oh, nichts. Vergiss unseren Koffer nicht, Liebling! Und ein bisschen zügig, meine Füße werden kalt und ich will unbedingt noch vor dem Abendessen in unserem Luxusbums einchecken.

STRAATEN *stöhnt unter dem Gewicht des Koffers*: Das ist aber gar nicht gentlemanlike, eine Dame den Koffer schleppen zu lassen. Und dann auch noch durch den Schnee!

FRIEDRICHSBERG: Du bist keine »echte« Dame, und ich hab Rücken.

DAHL *aus dem Koffer*: Könnt ihr mich bitte ein bisschen vorsichtiger ziehen? Mir wird hier ganz schlecht drin!

STRAATEN: Weißt du, wie schwer das ist – und dazu noch auf Stöckelschuhen?!

FRIEDRICHSBERG: Steht dir aber gut! Ich frag mich nur, ob du dein Kleidchen nicht ein bisschen zu dünn für die Jahreszeit gewählt hast.

STRAATEN: Sehr lustig! Warum gibst du eigentlich nicht die Frau?

FRIEDRICHSBERG: Find mal einen Damenfummel in meiner Konfektionsgröße. Ah, da ist ja schon das Hotel.

STRAATEN: Wie kriegen wir nur den Koffer die Treppe hoch?

FRIEDRICHSBERG: Na, kräftig Stufe für Stufe hochgezogen.

DAHL *aus dem Koffer*: Moooment.

FRIEDRICHSBERG/STRAATEN: Hau ruck! Hau ruck!

DAHL *aus dem Koffer, die Stimme jedes Mal durch die Schläge erschüttert*: Ah, das ist doch reine Nickeligkeit!

ERZÄHLER: Das Hotel »Drei Raben« warb damit, eine 5-Sterne-Superior-Wellness-Hotel-Oase zu sein.

STRAATEN: Danach sieht es aber nicht aus.

ERZÄHLER: Ja, das Haus erschien ein bisschen baufällig, und die Fassade hätte auch dringend einen Anstrich benötigt; selbst der einstmals prächtige Wintergarten schien nur noch durch Moosbelag zusammengehalten zu werden. Das antiquierte Mobiliar äußerst wurmstichig, die farblosen Blümchentapeten an den Wänden trotzten nur müde der Schwerkraft, die ehemals teuren Teppiche sahen so aus, als wären schon einige darauf verstorben, in den Kronleuchtern, die von den Decken hingen, fehlte die ein oder andere Birne. Der Lack, wie man so schön sagt, war ab. Doch von alldem versuchten Weihnachtsschmuck und -beleuchtung abzulenken. Unzählige Lichterketten illuminierten das Haus und die umstehenden Tannen im Garten. Lametta, Christbaumkugeln, kleine Deko-Weihnachts- und -Schneemänner, Schlitten hochbepackt mit Fakegeschenken. Ein Elchkopf aus Plastik hing in der Bar über dem Kamin und sang Weihnachtslieder, wenn man in die

Hände klatschte … Alles wirkte überaus weihnachtlich. Das Foyer war ebenso festlich geschmückt: Ein riesiger Weihnachtsbaum dominierte im Eingangsbereich den Raum, überall lagen und hingen Tannenzweige mit Christbaumkugeln nebst Lametta, alles glitzerte in Gold, Silber und Rot. Auf der einen Seite die imposante Rezeption, gegenüber die Restaurants mit ihren Sälen und die Bar, dazwischen die große, geschwungene Treppe, die zu den Zimmern hinaufführte.

FRIEDRICHSBERG: Mann, Mann, Mann …
STRAATEN: Das ist toll … *räuspert sich, dann mit seiner Frauenstimme*: Das ist doll!

ERZÄHLER: Ein feiner älterer Herr im schwarzen Dreiteiler mit einer akkurat gebundenen Krawatte und pomadigen Haaren kam auf die beiden zu.

BÜHLER: Ich begrüße Sie in unserem Haus »Drei Raben«. Mein Name ist Reto Bühler, ich bin der Direktor dieses Etablissements. Bei Ihnen handelt es sich wohl um Herrn und Frau Friedrichsberg, oder?
FRIEDRICHSBERG: So ist es.
STRAATEN *mit seiner Frauenstimme*: Was für ein prächtiges Haus!
BÜHLER *fängt jedes Mal in normal langsamem Schweizer Tempo an zu sprechen, wird aber nach einiger Zeit technisch beschleunigt*: Ja, so ist es. Dieses Hotel geht auf einen Gasthof aus dem 8. Jahrhundert zurück, das schon Karl den Großen beherbergt haben soll.
FRIEDRICHSBERG: So weit – so gut. Wir würden gerne aufs Zimmer. Gepäck abstellen, frischmachen und so: Uns plagt nämlich ein kleines Hüngerchen und da wollten wir jetzt nicht zu viel Zeit verlieren.
BÜHLER: Für Sie haben wir die Suite »Wilhelm II« reserviert – ein großräumiges Zwei-Raum-Appartement mit ausladender Sofalounge, Kingsize Wasserbett, Eckbadewanne mit Whirlpoolfunktion, delikater Küchenzeile, einem ausladenden Balkon, es

wird Ihnen also an nichts fehlen. Das Frühstück können Sie in unserem Saal Hannibal von 6:30 Uhr bis 11:00 Uhr zu sich nehmen, das Mittagessen gibt es von 11:30 Uhr bis 15:00 Uhr, ebenfalls im Saal Hannibal. Unser einzigartiges Kuchenbüfett gibt es von 15:30 Uhr bis 17:00 Uhr in den Räumen Helena und Sieglinde, Dining wieder im Saal Hannibal von 17:30 Uhr bis 20:00 Uhr, um 22:00 Uhr sollte es einen kleinen Snack geben in der Bar, wo auch um Mitternacht die Mitternachtsrösti gereicht werden, eine Spezialität des Hauses, oder? Die Wellnessanlage mit fünf Saunen, zwei Dampfbädern sowie exklusiven Massageräumen, wofür sogar Gäste aus der Schweiz anreisen, ist täglich ab 9:00 Uhr geöffnet.

ERZÄHLER *fasst die Ausführungen Bühlers zusammen und wird technisch darübergelegt*: Augenblick mal. Das dauert mir alles viel zu lang. Schweizer! Die Zeit haben wir nicht. Was Reto Bühler sagen möchte: Friedrichsberg und Straaten bekamen eine schöne, große Suite, Sofalounge, Wasserbett, Whirlpool, Küchenzeile, Balkon, wo sie – auch zu dritt, wenn auch heimlich – eine gute Zeit verbringen würden. Frühstück von 6:30 Uhr bis 11:00 Uhr. Mittagessen von 11:30 Uhr bis 15:00 Uhr. Kuchenbüfett von 15:30 Uhr bis 17:00 Uhr, Abendessen von 17:30 Uhr bis 20:00 Uhr, einen kleinen Barsnack um 22:00 Uhr und um Mitternacht dann die Mitternachtsrösti.

FRIEDRICHSBERG: Und was soll ich zwischen den Mahlzeiten machen?
STRAATEN: Fasten … *räuspert sich, dann wieder mit seiner Frauenstimme*: Fasten!
BÜHLER: Sie können auch gerne unser Diät-Menü mit Birchermüesli zum Z'morge, Gemüsebrühe Z'mittag und Z'nacht eine gute Portion Nachtluft …
FRIEDRICHSBERG: Das ist doch ein Riesenmist!
BÜHLER: Nein, es ist effektiv!
STRAATEN *mit seiner Frauenstimme*: Die Wellnessanlage mit den fünf Saunen, zwei Dampfbädern und den Massageräumen ist täglich

ab 9:00 Uhr geöffnet. Das wird dich sicher ablenken.

FRIEDRICHSBERG: Uninteressant. Gibt's etwas Langweiligeres als Wellness in Wellnesshotels?

BÜHLER: Haben Sie sonst noch einen Wunsch?

FRIEDRICHSBERG: Ja. Bademäntel. Für mich und meine Frau.

STRAATEN: Sehr witzig.

BÜHLER: Exgusez?

STRAATEN *räuspert sich, dann wieder mit seiner Frauenstimme:* Sehr wichtig! Äh, Bademäntel sind sehr wichtig!

BÜHLER: Um solche Angelegenheiten kümmert sich unser Empfangschef, der Herr Kreyner.

KREYNER: Guten Tag.

BÜHLER: Das ist er.

FRIEDRICHSBERG: Tach.

KREYNER: Selbstverständlich finden Sie die Bademäntel auf Ihrem Zimmer. Wenn ich Ihnen sonst irgendwie dienen kann …

FRIEDRICHSBERG: Ja, können Sie mir sagen, was ich zwischen den Mahlzeiten …

KREYNER: Werfen Sie doch einen Blick in unsere stets gut gefüllte Minibar in Ihrer Suite.

FRIEDRICHSBERG: Ui, gerne auch mehrere.

BÜHLER: Dann fühlen Sie sich bitte wie zu Hause.

FRIEDRICHSBERG: Sie kommen aber nicht aus dieser Gegend, oder?

BÜHLER: Ich bin von Zürich. Meine Eltern sind aus Bern.

FRIEDRICHSBERG: Das erklärt einiges.

BÜHLER: Ich möchte Sie nur noch kurz darauf hinweisen …

FRIEDRICHSBERG: Dann machen Sie es bitte auch.

BÜHLER: Was?

FRIEDRICHSBERG: Kurz.

BÜHLER: Ja. Also, dass es der Wahrscheinlichkeit nach in den nächsten Tagen zu vermehrtem Schneefall kommen kann.

FRIEDRICHSBERG: Doll. So, ich muss mal aus den Schuhen. Ach, und noch etwas hätte ich jetzt gerne: einen kräftigen Kaffee mit 'nem Schuss Milch, zwei Stück Zucker und 'nem doppelten Cognac.

BÜHLER: Dazu oder dabei?

FRIEDRICHSBERG: Einfach reinkippen.

BÜHLER: Lass ich Ihnen in die Suite bringen!

Aus der Entfernung hallt ein markerschütterndes Tiergrollen.

STRAATEN *erschrickt, mit seiner Frauenstimme*: Huch, was war denn das?

BÜHLER: Das? Nichts! Gar nichts! Der Wind … nur der Wind … kein Grund zum Erschrecken … die Berge, der Wind … So klingt der Schwarzwald! Das ische numme so!

6. Türchen

»In dulci iubilo«

ERZÄHLER: Friedrichsberg und Straaten schlurften also endlich zu ihrer Suite, während der arme Dahl im Koffer von einem Hotelboy hinter ihnen her geschliffen wurde.

Es poltert und schlägt.

FRIEDRICHSBERG: Wir müssen mit dem Fahrstuhl in die zweite Etage, dann raus, rechts rum, Gang entlang, zweite links, wieder rechts.

STRAATEN: Nein, nein, er hat gesagt: dritte Etage, raus aus dem Fahrstuhl …

FRIEDRICHSBERG: Moment, hat er nicht gesagt, man könnte mit dem Fahrstuhl, wenn er ginge?

STRAATEN: Geht nicht? Defekt?

FRIEDRICHSBERG *bejahend*: Mmhm …

STRAATEN: Dann zu Fuß. Dritte Etage, links rum, Gang lang, zweite rechts, dritte links.

FRIEDRICHSBERG: Nein, zweite links, dritte … nee, zweite wieder rechts.

DAHL *aus dem Koffer*: Erste links, erste rechts.

BOY: Hä? Was war das?

FRIEDRICHSBERG: Nichts! *hält sich die Hand vor den Mund*: Erste links, erste rechts.

BOY: Nee, zweite rechts, dann erste links!

STRAATEN: Klar, er sieht ja auch gar nichts in dem Koffer.

BOY: Hä? Was ist das?

FRIEDRICHSBERG *räuspert sich, gespielt streng*: Sie sehen doch gar nichts hinter dem Koffer!

BOY: Ich bin hier quasi zuhaus'!

DAHL *aus dem Koffer*: Da hat er auch wieder recht!

FRIEDRICHSBERG *haut auf den Koffer*: Ruhe im Karton!

BOY: Also, ähm … machen Sie sich keine Sorgen wegen der Stimmen! Das ist ein altes Gemäuer, sogar älter als es grade aussieht. Unsere Keller stammen noch aus der Zeit Kaiser Karls, da ist die ein oder andere Seele hier kleben geblieben.

STRAATEN: So, so …

ERZÄHLER: Irgendwann erreichten sie endlich ihre Suite.

BOY: Wenn ich noch etwas für Sie tun kann …

FRIEDRICHSBERG: Ja, die Tür zu!

BOY *räuspert sich*: Hmm …

FRIEDRICHSBERG: Was denn noch?

BOY *räuspert sich noch mal*: Hmm …

STRAATEN *flüstert*: Ich glaube, er wartet auf ein Trinkgeld.

FRIEDRICHSBERG: Kann man bei Ihnen anschreiben lassen?

STRAATEN *flüstert*: Du bist unmöglich! *kramt in seinem Geldbeutel, wieder mit seiner Frauenstimme:* Hier, bitte, für Sie!

BOY: Ah, danke vielmals!

Der Boy schließt die Tür hinter sich, gleichzeitig klappt der Koffer auf.

DAHL: Ahhh, viel länger und ich wär darin erstickt!

FRIEDRICHSBERG: Warum biste dann vorher rausgekommen?

DAHL: Haha!

FRIEDRICHSBERG: Fenster oder Tür?

STRAATEN: Was?

FRIEDRICHSBERG: Na, welche Bettseite? Also ich nehm die Fensterseite!

DAHL: Und ich das Sofa!

STRAATEN: Wieso das denn?

DAHL: Glaubt ihr etwa, ich teile mir mit einem von euch das Wasserbett?

FRIEDRICHSBERG: Dann schlaft doch beide auf dem Sofa. Im

Wasserbett kraul ich am liebsten alleine.

ERZÄHLER: Nach einer ausgiebigen Inspektion ihrer Suite »Wilhelm II« traten sie auf den Balkon und genossen die Aussicht.

FRIEDRICHSBERG *enttäuscht*: Sag mal … ist ja alles weiß!
STRAATEN: Was erwartest du, es ist Winter und es hat geschneit! Die meisten würden sich über so einen Anblick freuen!
FRIEDRICHSBERG: Schnee ist kalt und macht am Ende auch nur nasse Füße!

ERZÄHLER: Sie schauten also auf verschneite Höhen und überzuckerte Täler, über allen Wipfeln lag Schnee und eine majestätische Ruh'.

STRAATEN *atmet tief durch*: Und erst die Luft!
FRIEDRICHSBERG: Du hast recht, da muss man sofort was gegen tun.

ERZÄHLER: … brunfte Friedrichsberg, kramte eine Zigarre aus der Innentasche seines Jacketts hervor und setzte sie in Brand.

FRIEDRICHSBERG: Und jetzt …

ERZÄHLER: … sagte er an seinem Qualmer vorbei …

FRIEDRICHSBERG: … ein zünftiges Abendbrot und anschließend ein ausgiebiges Dampfbad!
STRAATEN: Wie soll das denn gehen? Mit mir als Frau?
FRIEDRICHSBERG: Ach, komm, zieh deinen Badeanzug an. Der ist im Dekolletébereich sehr schön gearbeitet.
DAHL: Und was ist mit mir?
FRIEDRICHSBERG: Du bleibst natürlich erst mal hier …
DAHL: … und verhungere in der Zwischenzeit!
STRAATEN *im Gehen*: Wir packen dir was vom Büfett ein … Mann, habe ich einen Kohldampf!
DAHL *ruft ihnen hinterher*: Ich auch!

FRIEDRICHSBERG *zieht die Tür hinter sich und Straaten ins Schloss*: Später! Später!

STRAATEN: Tschüss!

ERZÄHLER: Herr und Frau Friedrichsberg gingen also zu Fuß (Aufzug ist ja kaputt) in den Saal Hannibal.

FRIEDRICHSBERG *murmelt für sich*: Jeder Tisch besetzt, das Hotel »Drei Raben« scheint nahezu ausgebucht.

ERZÄHLER: Man gab die Bestellungen auf.

FRIEDRICHSBERG: Zwei Bier und ein Wasser.

KELLNERIN: Sehr wohl! Kommt im Moment.

STRAATEN: Seit wann trinkst du Wasser?

FRIEDRICHSBERG: Das ist für dich! Du musst schließlich ein bisschen auf deine Linie achten, sonst passt du morgen nicht mehr in deine Fummel!

ERZÄHLER: Dazu bestellte der Dicke zweimal Zürcher Geschnetzeltes mit Rösti …

FRIEDRICHSBERG: … und einen gemischten Salat ohne Dressing.

STRAATEN: Lass mich raten: Der ist auch für mich.

ERZÄHLER: Der Dicke bestellte sogar noch mal Rösti nach.

FRIEDRICHSBERG: Das packen wir für Dahl ein!

ERZÄHLER: Rösti … ja, das mit den Rösti sollte sich in den nächsten Tagen … nun, ich möchte mal sagen: intensivieren. Morgens beim Frühstück …

KELLNERIN: Wir bereiten unsere Minirösti exklusiv für zum Frühstücksbüfett frisch zu. Dazu geräucherter Lachs oder mit

Ei und Käse überbacken, dazu leichter Formschinken vom Pressschwein.

FRIEDRICHSBERG: Ich nehm beide und für meine Frau eine halbe Grapefruit ohne Dekokirsche … Die sind ja gezuckert!

ERZÄHLER: Mittags …

KELLNERIN: Und wie wäre es als Zwischenmahlzeit mit einer leichten Doppel-Röstischeibe und Champions à la Creme?

FRIEDRICHSBERG: Gerne. Und tun Sie mal einen zweiten Schlag Pilze dabei, man soll ja mehr Gemüse essen.

ERZÄHLER: Abends …

FRIEDRICHSBERG: Was können Sie denn empfehlen?

KELLNERIN: Unsere rustikalen Gutsherrenrösti mit dreierlei vom Schwein an Sauerkraut provençale.

ERZÄHLER: Am nächsten Abend …

KELLNERIN: Röstischiffle à la Bombay mit pikant-fruchtigem Hühnercurry!

ERZÄHLER: Drauf den Abend …

KELLNERIN: Röstiwraps mexikanisch! Auf Maisbasis.

ERZÄHLER: Am folgenden Abend …

RÖSTI HACKSTEAK A LA MEYER

KELLNERIN: Rösti mit Hacksteak à la Meyer, Müllerin Art.

FRIEDRICHSBERG: Vergessen Sie bloß nicht die Spiegeleier drüber, sonst werd ich pampig.

ERZÄHLER: Den Abend drauf …

KELLNERIN: Rösti mit Rösti neben Rösti.

ERZÄHLER: Nach dem Essen …

KELLNERIN: Darf ich ein Nachspeis empfehlen? Unseren süßen Rösti mit Schokoladensoße und geeisten Früchten der Saison konnte noch keiner widerstehen!
FRIEDRICHSBERG: Was sollen denn das für Früchte sein? Im Dezember?!
KELLNERIN: Stimmt. Dann kriegen Sie einfach ein Rösti mehr.
FRIEDRICHSBERG: Und das alles können Sie gerne in Schokosoße ertränken.

ERZÄHLER: An der Bar …

KELLNERIN: Möchten Sie ein paar knusprige Röstisticks zu ihrem Drink?
FRIEDRICHSBERG: Jahaaa …

ERZÄHLER: Und um Mitternacht …

KELLNERIN: Darf ich Sie zu unseren Mitternachtsrösti à la flambée einladen?

ERZÄHLER: Aber noch mal zurück zum Mahl des ersten Abends. Friedrichsberg speiste also fürstlich, während sich Straaten fröhlich umschaute.

STRAATEN: Man trägt also wieder Abendgarderobe in deutschen Hotels.
FRIEDRICHSBERG *mit vollem Mund*: Wenn auch ein bisschen in die Jahre gekommene.
STRAATEN: Dafür ist die Gesellschaft hier ziemlich bunt zusammen-

gewürfelt: jung wie alt und quer durch alle Nationalitäten.

FRIEDRICHSBERG *mit vollem Mund*: Wenn du darunter einen Italiener entdeckst, dann sag Bescheid.

DAHL: Was hast Du denn mit den Italienern?

FRIEDRICHSBERG: Nicht den, nur dem.

STRAATEN: Guck mal, der seltsame Kerl da hinten lächelt immer zu mir rüber.

FRIEDRICHSBERG: Das ist deine umwerfende Wirkung auf Männer!

STRAATEN: Unverschämtheit, er sieht doch, dass ich mit meinem Mann … also, dass ich in Begleitung … also, dass ich nicht alleine hier bin … also …

FRIEDRICHSBERG: Da hinten, das ist doch Hoteldirektor Bühler!

STRAATEN: Ja, er plaudert mit zwei asiatisch aussehenden Männern.

FRIEDRICHSBERG: Vertraulich und devot.

STRAATEN: Und wer ist dabei was?

FRIEDRICHSBERG: Der eine greift grade in sein Jackett und zieht ein dickes Bündel heraus.

STRAATEN: Eine Waffe?

FRIEDRICHSBERG: Du hörst zu viele Krimis! Eher ein prallgefüllter Umschlag.

STRAATEN: Unterlagen? Papiere?

FRIEDRICHSBERG: Nee, das sieht mir nach Geld aus. Lacht. Vielleicht haben sie zu viele Rösti gegessen und müssen nachzahlen … oder es ist Schmiergeld.

STRAATEN: Was soll denn geschmiert werden?

FRIEDRICHSBERG: Es findet sich immer was, das quietscht. Wir werden's noch herausbekommen. Jedenfalls trollen die Asiaten sich jetzt.

STRAATEN: Achtung, Achtung, der Herr Direktor Bühler kommt zu uns herüber.

BÜHLER: Ah, Familie Friedrichsberg …

STRAATEN *ruft mit seiner Frauenstimme*: Guten Abend, Herr Bühler!

FRIEDRICHSBERG: So ein Pech, jetzt hat ihn ein anderes Pärchen abgefangen.

STRAATEN: Sie hat ein sehr schönes Abendkleid an.

FRIEDRICHSBERG: Bei ihm würd mich's auch wundern.

STRAATEN: Wieso? Ich hab doch auch ein …

FRIEDRICHSBERG: Stimmt.

STRAATEN: Er trägt einen edlen Trachtenjanker. Bayer oder Österreicher, wetten?

FRIEDRICHSBERG: Alpen jedenfalls. Und schon wieder stecken sie so vertraulich die Köpfe zusammen. *Lacht*. Würde mich nicht wundern, wenn auch gleich hier wieder …

STRAATEN: … ein Umschlag …

FRIEDRICHSBERG: … mit ins Spiel käme. Irgendetwas stinkt hier gewaltig zum Himmel.

7. Türchen

»Kling, Glöckchen, klingelingeling«

ERZÄHLER: Spielen wir mal für einen kurzen Augenblick Mäuschen. Zunächst im Hotelzimmer von Mauritius »Mauritz« Schlotz und seiner Gattin Bernadette von Bonstetten. Ihnen besser bekannt als edler Trachtenjanker und sehr schönes Abendkleid.

BERNADETTE: Wie viel war in dem Umschlag?!

SCHLOTZ: Ah, geh, Täubchen …

BERNADETTE: Spatzl, ich will bitte wissen, wie viel in dem Umschlag war!

SCHLOTZ: Taubenmaus …

BERNADETTE: Wie viel?!

SCHLOTZ: Taube …

BERNADETTE: Sag es! Jetzt!

SCHLOTZ: 40.

BERNADETTE: 40 was?

SCHLOTZ: Na, 40.000.

BERNADETTE: Du willst mir doch wohl nicht weismachen, dass du diesem senilen Idioten gerade 40.000 Euro einfach so in die Hand gedrückt hast.

SCHLOTZ: Ah, geh, doch, ich dachte …

BERNADETTE: Das ist mein Geld, Spatzl!

SCHLOTZ: Ich dachte, das wär' jetzt unser …

BERNADETTE: Spatzl, das ist mein Geld! Das habe ich in die Ehe mitgebracht!

SCHLOTZ: Ja, aber ich dachte …

BERNADETTE: Du denkst zu viel. Und immer übrigens genau dann, wenn du es nicht solltest.

SCHLOTZ: Aber ich dachte …

BERNADETTE: Du, denk einfach nicht mehr. Du wirfst mein Geld zum Fenster hinaus!

SCHLOTZ: Na, wir wollten doch investieren.

BERNADETTE: Ja.

SCHLOTZ: Kunst- und Immobilienmarkt sind leergefegt.

BERNADETTE: Ja.

SCHLOTZ: Man muss in die Zukunft investieren.

BERNADETTE: Ja.

SCHLOTZ: Und die liegt hier.

BERNADETTE: Och ja. Im Schwarzwald?!

SCHLOTZ: Ja. In Hotels mit Tradition.

BERNADETTE: Ja.

SCHLOTZ: Dieses hier ist ausgebucht. Besser kann man sein Geld nicht anlegen. Und Bühler sucht einen Partner.

BERNADETTE: Ach, und das bist jetzt du? Mit den 40.000 Euro?

SCHLOTZ: Na, nicht ganz.

BERNADETTE: Was heißt »nicht ganz«?!

SCHLOTZ: Das ist erst mal Handgeld.

BERNADETTE: Handgeld.

SCHLOTZ: Ja. Damit ich ihm als Partner willkommener bin.

BERNADETTE: Ah ja. Und wie viel willst du von meinem Geld hier reinstecken, um erst mal »drin« zu sein?

SCHLOTZ: Na, eine halbe Million?

Plötzlich klopft es in der Heizung und man hört ganz leise Gesänge.

BERNADETTE: Was war das?

SCHLOTZ: Es hat in der Heizung geklopft!

BERNADETTE: Da schon wieder!

SCHLOTZ: Das haben alte Heizungen manchmal so an sich, das ist nichts Besonderes.

BERNADETTE: Aber jetzt heult es auch noch aus der Heizung!

SCHLOTZ: Das kommt häufig mit dem Klopfen zusammen. Wenn wir den Schuppen hier übernommen haben, lassen wir als Erstes die Heizung überholen, Täubchen, gell! Und dann machen wir die Klos.

BERNADETTE: Pscht! Jetzt komm doch mal her und leg dein Ohr an das Rohr, Spatzl.

SCHLOTZ: Wie bitte?

BERNADETTE: Mach das doch bitte einfach!

SCHLOTZ: Aua, heiß!

BERNADETTE: Ja, Spatzl, nicht da! Hier! Und?

SCHLOTZ: Ich hab mir's Ohrwaschel angesengt.

BERNADETTE: Ja, hörst du was?

SCHLOTZ: Geh, du hast ja recht, Täubchen. Geh, das ist seltsam. Das klingt, als ob die Heizung eine italienische Oper singen würde.

ERZÄHLER: Um singende Heizkörper – die in einem so heruntergekommenen Schuppen wie den »Drei Raben« auch nicht allzu sehr verwundern – können wir uns gerade mal nicht kümmern, denn unterdessen, nur einige Zimmer entfernt, aber in einer anderen Etage, also letztlich ganz woanders, feiern Herr Kung und Herr Fu in glücklicher Zufriedenheit ihren vermeintlich gelungenen Coup bei Hoteldirektor Bühler, bis, ja bis ihre beiden Frauen, Frau Chop und Frau Suey, das Zimmer betreten. Aus verständlichen Gründen wird das folgende Gespräch in Originalsprache mit Synchronübersetzung wiedergegeben.

Im Hintergrund ist eine wilde chinesische Diskussion im Gange.

ÜBERSETZER: Gut, Kollegen, dann kommt jetzt hier die Übersetzung … Frau Chop fragt, »Wieviel hast du gegeben?« … Herr Kung antwortet: »50.«

ÜBERSETZERIN: Frau Suey fragt: »50 was?«

ÜBERSETZER: Herr Fu antwortet: »50.000 Euro.«

ÜBERSETZERIN: Frau Chop fragt: »Bist du verrückt? Das ist doch viel zu wenig!«

ÜBERSETZER: Herr Kung sagt: »Man nennt es Handgeld.«

ÜBERSETZERIN: Frau Chop sagt: »Als Bestechung ist das viel zu wenig. So kann man nicht überzeugen von sich!« … Frau Suey sagt: »Wir dürfen zu Hause nicht davon erzählen!« … Frau

Chop sagt: »Das ist doch ein … ja, das ist ein schlechter Witz.«

ÜBERSETZER: Herr Fu sagt: »Das ist unser Geld!«

ÜBERSETZERIN: Frau Chop sagt: »Es geht hier um alles!« … Frau Suey sagt: »Ist das … das ist der Markt von morgen hier! Gerade für unsere Landsleute!« … Frau Chop sagt: »So viele von uns sind jedes Jahr hier. Es werden immer mehr! Bald … bald werden keine Schwarzwälder mehr im Schwarzwald sein.« … Frau Suey sagt: »Ich gehe wieder morgen zu Bühler und werde ihm noch einmal 50.000 Euro geben. Wir müssen das Hotel haben! Dann kaufen wir bald eine Kuckucksuhrenfabrik!«

ÜBERSETZER: Hahaha, allgemeines gehässiges Lachen.

ÜBERSETZERIN: Sehr gehässiges Lachen.

Alle vier (+2) lachen.

ERZÄHLER: Den Witz versteh ich nicht. Na ja. Andere Kulturen, anderer Humor … Aber apropos, kennen Sie den: Kotzt ein Pinguin aus dem Kängurubeutel und sagt: »Scheiß Schüleraustausch.« … Gut, den haben Sie jetzt nicht verstanden, also weiter im Text.

8. Türchen

»Es ist ein Ros(s) entsprungen«

FRIEDRICHSBERG: Ach, Mädels, so ein bisschen Dampfen vorm Zubettgehen, und man schlummert nachher selig wie ein kleines Baby.

ERZÄHLER: Nachdem sie Dahl mit dem Extrarösti versorgt hatten, brachen alle drei zusammen zu einem entspannenden Dampfbadgang auf.

STRAATEN: Ich hab jetzt schon keine Lust mehr. Im Badeanzug!
DAHL: Also deine Badekappe mit Blümchenapplikation ergänzt das Ensemble aber ausgezeichnet, Straaten.
FRIEDRICHSBERG: Die Körper nur mit leichtem Frottee bedeckt, herrlich, wir kommen!

ERZÄHLER: So schlurften sie also in ihren Stoffbadelatschen über die Hotelflure, Friedrichsberg und Straaten in flauschigen Bademänteln, Dahl in die große Badezimmermatte gewickelt. Nachdem sie das Zimmer verlassen hatten, mussten Sie nur zweimal links abbiegen …

FRIEDRICHSBERG: Nein, links, rechts.
STRAATEN: Ich dachte rechts, links.
ERZÄHLER: Hört mir mal jemand zu?
FRIEDRICHSBERG: Das hat noch keinem geholfen!
ERZÄHLER: Sehr komisch. Ich sage es trotzdem noch mal: aus dem Zimmer, zweimal links, dann rechts, links, rechts, Gang entlang, links, mit dem Fahrstuhl …
ALLE: Der geht doch nicht!
ERZÄHLER: Hach, stimmt ja. Also: zu Fuß in den Bereich U2, raus,

links …

FRIEDRICHSBERG: War das am Anfang links, rechts, links oder rechts, links, links?

ERZÄHLER: Ach, macht doch, was ihr wollt!

FRIEDRICHSBERG: Eben!

ERZÄHLER: Eine halbe Stunde – und einen Rösti to go – später waren sie endlich da.

STRAATEN: Der Bade- und Saunabereich ist überraschend gut besucht für die späte Stunde.

ERZÄHLER: Dort trafen sie die Asiaten, diesmal mit deren Frauen, die aufgestrapsten Bayern, wovon hier nicht mehr allzu viel zu schen war (also von den Straps … äh, von ihrer guten Garderobe), sowie ein ziemlich dralles amerikanisches Ehepaar, das verschwitzt auf den Ruheliegen ausspannte und Konfekt und Cola inhalierte. Im Wasser dümpelten ein paar Silversurfer auf Poolnudeln. Und mit einem beherzten Sprung glitt auch Straaten ins kühle Nass, zog ein paar Bahnen Brust und pflügte einmal kraulend durch die fluchende Rentnerschar. Friedrichsberg verzichtete heute ganz aufs Schwimmen.

FRIEDRICHSBERG: Wenn ich da so wie Straaten reinhüpfe, ist das Planschbecken halb leer.

ERZÄHLER: Deshalb steuerten er und Dahl direkt auf die Sauna zu. Der Saunameister, eine grobschlächtige Kante mit Haudraufschädel, war gerade dabei, einen frischen Aufguss zu bereiten.

SAUNAMEISTER: So, Kameraden, alles bereit für einen weihnachtlichen Aufguss? Hier im Eimer hab ich eine leckere Mischung aus Eierpunsch, Lebkuchen und Dominosteinen. Guten Appetit.

DAHL: Mir ist jetzt schon schlecht.

FRIEDRICHSBERG: Und meine Brille ist beschlagen.

ERZÄHLER: Die Weihnachtssauna war vollbesetzt. Trotzdem fand »Frau Straaten« …

STRAATEN: Sehr witzig!

ERZÄHLER: … noch ein Plätzchen neben ihrem Gatten. Man saß und schwieg und schwitzte.

STRAATEN: Puh …

DAHL: Mir … mir ist heiß!

FRIEDRICHSBERG: Mir auch …

ERZÄHLER: Ja …

STRAATEN: Die sind ja alle nackt hier!

ERZÄHLER: Jaa!

FRIEDRICHSBERG: Meine Brille ist
  beschlagen.

ERZÄHLER: Jahaa!

STRAATEN: Müssen wir noch lange?

ERZÄHLER: Nein, denn plötzlich …

Draußen bricht eine Unruhe aus, Menschen rufen.

A: Hilfe! Hilfe!

B: Ein Yeti! Das ist doch ein Yeti!

C: Wir brauchen einen Arzt!

D: Rufen Sie Dr. Borsig!

C: Oder Dr. Brinkmann, der arbeitet wenigstens
  hier um die Ecke!

STRAATEN: Was ist denn da draußen los?

FRIEDRICHSBERG: Ich sehe nichts, meine Brille …

STRAATEN: Ja, die ist beschlagen.

FRIEDRICHSBERG: Ist eigentlich 'ne Schande … in der Sauna … Was gibt's denn gerade so Besonderes zu sehen?

STRAATEN: Das willst du gar nicht wissen.

FRIEDRICHSBERG: Ist Weibsvolk anwesend? Oder weshalb die Unruhe?

STRAATEN: Da draußen scheint etwas nicht in Ordnung zu sein.

FRIEDRICHSBERG: Sind die Röstis aus?

STRAATEN: Nein.

FRIEDRICHSBERG: Dann lasst uns mal nachschauen.

ERZÄHLER: Also öffnete Straaten die Türe des holzausgeschlagenen Hitzkastens und die drei Schwitzrentner lugten vorsichtig hinaus.

FRIEDRICHSBERG: Ich seh nix.

STRAATEN: Deine Brille ist ja auch beschlagen.

FRIEDRICHSBERG: Sag ich ja die ganze Zeit.

DAHL: Links nichts.

STRAATEN: Rechts nichts.

FRIEDRICHSBERG: Lasst uns mal in Richtung Pool …

ERZÄHLER: Nur mit Badetüchern um die Lenden und einem Straaten im Badeanzug schlappten die drei auf ihren Stoffbadelatschen langsam dem Unheil entgegen.

STRAATEN: Oh, mein Gott! Das ist ja unglaublich.

DAHL: Was denn?

STRAATEN: Da … da war ein … ein … Also wenn ich es nicht selber gesehen hätte, würde ich es nicht glauben, das … das war ein Schneemensch!

DAHL: Ein was?

STRAATEN: Da lief gerade ein Schneemensch den Gang entlang!

FRIEDRICHSBERG: Du spinnst doch. Das war der kantige Bademeister hier, hat sich nur 'n weißen Bademantel übergezogen. Kann man schon mal verwechseln.

STRAATEN: Unsinn! Das … das war ein Yeti!

FRIEDRICHSBERG: Ein Yeti? Quatsch.

STRAATEN: Dann kommt doch mit, wir gehen ihm nach.

DAHL: Das muss ja nun auch wieder nicht sein.

FRIEDRICHSBERG: Hast du etwa Angst vorm Bademeister?

DAHL: Das nicht, aber …

FRIEDRICHSBERG: So. Wo ist er denn jetzt, der Yeti?

DAHL: Es ist keiner mehr da.

STRAATEN: Sind alle geflüchtet.

FRIEDRICHSBERG: Stopp! Hört ihr das auch? Dieses Grummeln? Brummen?

Der Yeti schaut um die Ecke, das Brummen und Grummeln wird lauter, die drei erschrecken und schreien auf.

ALLE: Aaaahhhh!

ERZÄHLER: Da stand er also in seiner ganzen schrecklichen Größe vor ihnen – aus seinem zottelig weißen Pelz funkelten sie zwei kleine rote Äuglein wütend an, während er sein Maul mit den zackig scharfen Hauern zu einem schrecklichen Brüllen aufriss.

STRAATEN: Ich hab's euch doch gesagt!

DAHL: Nichts wie weg.

FRIEDRICHSBERG: Aber wohin denn?

STRAATEN: Raus hier, sofort raus hier.

FRIEDRICHSBERG: Ins Foyer!

ERZÄHLER: Im Foyer sah es mittlerweile so aus wie beim Jahrestreffen der Schneemänner: alle in weißen Bademänteln, Kapuzen überm Kopf, inmitten der hoteleigenen Weihnachtsdekoration.

BÜHLER: Das gibt es doch gar nicht, das gibt es doch gar nicht!

ERZÄHLER: Hoteldirektor Bühler schlug immer wieder die Hände

vor den Mund und rannte kopfschüttelnd zwischen den Schneemännern hin und her.

BÜHLER: Meine Damen, meine Herren, ich bitte Sie, so beruhigen
Sie sich doch!
FRIEDRICHSBERG: Und, Herr Bühler, haben Sie schon etwas
unternommen?
BÜHLER: Empfangschef Kreyner hat nach dem Kammerjäger
gerufen.
FRIEDRICHSBERG: Kammerjäger? Für 'n Yeti? Bringt der 'ne Mause-
falle mit?
BÜHLER: Ich habe keine Ahnung.
FRIEDRICHSBERG: Gibt es sonst noch einen Ausgang aus dem
Wellnessbereich?
BÜHLER: Man kann auf die Terrasse.
STRAATEN: Also ist der Yeti da raus!
BÜHLER: Unwahrscheinlich. Um den Bädergarten herum ist eine
sehr hohe Mauer. Sichtschutz. Und direkt dahinter geht es ei-
nen steilen Abhang hinunter.
STRAATEN: Also muss er hier durch diese Türe kommen, sagt mein
Mann.

ERZÄHLER: Tatsächlich öffnete sich gerade langsam die Türe zum
Wellness- und Saunabereich.

STRAATEN: Da kommt er, der Yeti.
FRIEDRICHSBERG: Da kommen vier.
DAHL: Äh … vier Yetis?! Aber … das sind ja …
FRIEDRICHSBERG: Herr Kung und Herr Fu.
STRAATEN: Nebst Gemahlinnen, Frau Chop und Frau Suey.

ERZÄHLER: Bühler rannte sofort auf seine vier ausländischen Gäste
zu, um sich nach deren Wohlergehen zu erkundigen.

FRIEDRICHSBERG: Blass wirken die nicht. Auch nicht geschockt. Eher ein wenig abgekämpft. Also die beiden Herren. Die Damen scheinen ja über eine verblüffende Kondition zu verfügen. Oder zumindest Contenance.

BÜHLER *ruft in die Runde*: Alles in Ordnung! Alles in Ordnung! Unsere freundlichen chinesischen Gäste hier kommen gerade aus dem Dampfbad und haben von der ganzen Aufregung nichts mitbekommen. Sie sind auch keinem Was-auch-immer im Wellnessbereich mehr begegnet. Sie können also gerne wieder …

FRIEDRICHSBERG: Na, da wollen wir mal nachschauen!

STRAATEN: Bist du lebensmüde, Friedrichsberg?

FRIEDRICHSBERG: Neugierig! Gucken wir doch mal nach, wohin sich das Zottelwesen vermacht hat.

ERZÄHLER: Friedrichsberg öffnete die Türe, hinter der sich die körperlichen Erholsamkeiten befanden. Zu dritt passierten sie die Duschen, das Kaltbecken, hin zur Terrassentür.

FRIEDRICHSBERG: Draußen müsste man doch Spuren von dem Monster im Schnee sehen.

STRAATEN: Fußspuren sind hier schon, aber eher sehr kleine … Kinder …

FRIEDRICHSBERG: … oder Chinesen … Aber nirgends eine Spur vom Yeti.

STRAATEN: Noch nicht mal ein Stückchen Fell. Oder Pelz.

FRIEDRICHSBERG: Lasst uns noch mal im Wellnessbereich nachschauen.

STRAATEN: Glaubst du, der hat Angst vor uns und versteckt sich?

FRIEDRICHSBERG: Weiß man's?

ERZÄHLER: Sie schauten ins Dampfbad.

STRAATEN: Nichts!

ERZÄHLER: In die erste Sauna.

FRIEDRICHSBERG: Nichts!

ERZÄHLER: Die zweite Sauna.

DAHL: Nichts!

ERZÄHLER: Die dritte Sauna.

STRAATEN: Nichts!

ERZÄHLER: Erst in der vierten Hitzekammer …

FRIEDRICHSBERG: Ha! Hier!
STRAATEN: Was? Der Yeti?
FRIEDRICHSBERG *kichert*: Tot, aber nicht mehr komplett!
STRAATEN: Was?
DAHL: Wie?
FRIEDRICHSBERG: Wenn das der Yeti ist oder war, dann hat sich jemand noch die Zeit genommen, ihm nach dem Abmurksen das Fell über die Ohren zu ziehen.

ERZÄHLER: Auf der mittleren Saunabank saß zusammengesackt und leblos ein blasser, dürrer, nackter Mann mit Glatze.

STRAATEN: Das soll der Yeti sein?
FRIEDRICHSBERG: Naja, eher das, was vom Yeti übrig geblieben ist.
DAHL: Oder jemand, den der Yeti zu Tode erschreckt hat!
STRAATEN: Wenn das der Yeti ist, wo ist dann sein Fell?
FRIEDRICHSBERG: Das gilt es jetzt herauszufinden!

9. Türchen

»Es ist für uns eine Zeit angekommen«

ERZÄHLER: Inzwischen hatte Hoteldirektor Bühler alle Gäste zu einer Extramahlzeit in den Salon Hannibal geladen.

DAHL: Oh, eine kleine Stärkung könnte ich jetzt auch ganz gut gebrauchen.

STRAATEN: In dem Chaos hier fällt es bestimmt nicht weiter auf, wenn wir Dahl zum Essen mitnehmen.

FRIEDRICHSBERG: Die sollen uns mal dumm kommen, dann zeigen wir die beim Hotel- und Gaststättenverband an – die haben tödliches Ungeziefer in ihrer Bäderabteilung!

ERZÄHLER: Also genehmigten sich die drei ein paar Rösti à la Schwarzwälder Kirsch – wobei der Kirsch flüssig dazu genossen wurde.

DAHL: Ist Rösti eigentlich eine Schwarzwälder Spezialität?

FRIEDRICHSBERG: Wenn man sie mit Bollenhut isst.

STRAATEN: Ich dachte, die Rösti kommen eher aus der Schweiz.

FRIEDRICHSBERG: Im Schwarzwald kommt vieles aus der Schweiz. Dem Schweizer scheint ohne Schweizsein nicht wohl zu sein. Herr Bühler hat offensichtlich nicht nur seinen drolligen Dialekt mitgebracht.

STRAATEN: Ich hol uns noch mal 'ne Runde von dem Kirsch auf den zurückliegenden Schrecken … *lacht doof.*

FRIEDRICHSBERG: Mit oder ohne Schrecken, lass dich nicht aufhalten.

STRAATEN *schlappt zur Bar.*

KELLNERIN *drängt sich vorbei*: Achtung! Heiß und fettig!

STRAATEN: Hoppla, oh, Entschuldigung.

WIRT: Was darf's denn sein?

STRAATEN: Ich nehme bitte drei Doppelte … ach was, ich nehm gleich die ganze Butilie.

REINHARDS: Gnädige Frau, guten Abend, Ihr Durst imponiert mir, das muss ich sagen!

STRAATEN: Was? *räuspert sich, dann mit seiner Frauenstimme*: Was?

REINHARDS: Darf ich mich vorstellen, Reinhard Reinhards.

STRAATEN *mit seiner Frauenstimme*: Oh, sehr erfreut, Straa … äh … Stra … ähm … Stracciatella Friedrichsberg.

REINHARDS: Reinhard.

STRAATEN *mit seiner Frauenstimme*: Habe ich schon verstanden!

REINHARDS: Nein, vorne wie hinten Reinhard, hinten aber mit »s« wie super … kleiner Scherz!

STRAATEN *mit seiner Frauenstimme*: Stra … cciatella, sehr erfreut!

REINHARDS: Stracciatella! Man hat diese Leckerei völlig zu Recht nach Ihnen benannt. Ihre zarte, weiße Haut und dieser Touch herbe, dunkle Süße …

STRAATEN *mit seiner Frauenstimm*e: Oh, Sie Charmeur, Sie!

REINHARDS: Wissen Sie, wenn mich nicht feste eheliche Bande umfangen würden, könnte ich mich bei Ihnen fast vergessen, Frau Friedrichsberg.

STRAATEN *mit seiner Frauenstimme*: Na, soll das ein Kompliment sein?

REINHARDS: Betrachten Sie's als eins.

STRAATEN *mit seiner Frauenstimme*: Oh.

KOMMISSARIN BLUM: Kriminalpolizei! Bitte, bitte, bleiben Sie alle ruhig! Wir haben nur ein paar Fragen an Sie!

ERZÄHLER: Die Staatsmacht traf in Person von Kriminalhauptkommissarin Blum und Kommissär Bärlach ein.

FRIEDRICHSBERG: Schon wieder ein Schweizer!

BÄRLACH: Ich bin Austauschpolizist. Ich wollt sagen, ich nehme an einem Austausch mit der hiesigen Polizei teil.

FRIEDRICHSBERG: Bärlach … Bärlach … das kommt mir irgendwie bekannt vor.

KOMMISSÄR BÄRLACH: Vielleicht haben Sie schon von mir gelesen?

FRIEDRICHSBERG: Kann sein …

WACHTMEISTER STUDER: Grüezi mitenand!

KOMMISSÄR BÄRLACH: Mein Assistent, Wachtmeister Studer.

WACHTMEISTER STUDER: Wachtmeister in vierter Generation!

KOMMISSARIN BLUM: Aha, die Herren haben sich bereits bekannt gemacht. Eva Blum, Kriminalhauptkommissarin!

FRIEDRICHSBERG: Moment, Sie kenne ich doch aus dem Fernsehen!

KOMMISSARIN BLUM: Nein, das war meine Schwester. Ich bin so langweilig, da würde jeder sofort ausschalten!

BÄRLACH/STUDER *lachen*: Der war gut! Ja!

FRIEDRICHSBERG: Naja. Ich bin Alfons Friedrichsberg. Vielleicht kennen Sie mich aus den Hörspielen Gurken 1, 2, 3, 4 oder Tod unter Lametta? Nein? Immerhin Deutscher Hörbuchpreis. Kann man auch mal drüber nachdenken, nicht wahr? Nun, ich bin meines Zeichens Amateurkriminologe mit Hang zu obskuren Dingen und morbiden Kriminalfällen. Und das hier ist mein Freund Willi Dahl.

KOMMISSARIN BLUM: Angenehm.

DAHL: Guten Abend.

FRIEDRICHSBERG: Also ich meine, Herrn Dahl hier, haben … haben wir, also haben wir gerade … äh, hier kennengelernt.

DAHL: Ich wohne hier aber nicht.

FRIEDRICHSBERG: Und das ist meine Frau.

STRAATEN *mit seiner Frauenstimme*: Ja, sehr angenehm.

KOMMISSARIN BLUM: Sie sind hier wegen der verschwundenen Ehepaare, nehme ich an?

FRIEDRICHSBERG: Entschuldigung?

BÜHLER: Habe ich gerade richtig verstanden?

ERZÄHLER: Damit drängte sich Hoteldirektor Bühler zwischen sie.

BÜHLER: Sie sind Privatdetektiv?

FRIEDRICHSBERG: Amateurkriminologe.

BÜHLER: Dann kommen Sie ja wie gerufen!

KOMMISSARIN BLUM: Ist der Tote in der Sauna einer Ihrer Gäste?

BÜHLER: Zum Glück nicht! Es ist der Hoteldirektor vom »Goldenen Hirschen« gegenüber, Gernot Glasstädter!

KOMMISSARIN BLUM: Ein Konkurrent tot in Ihrer Sauna? Dann haben Sie jetzt ein Problem!

BÜHLER: Oder eben keines mehr. Herr Glasstädter hat uns das Leben zuletzt sehr schwer gemacht.

KOMMISSARIN BLUM: Dann hätten Sie auch ein Motiv.

BÜHLER: Einen ganzen Korb voll Motive, wenn ich Ihnen berichten würde, was der Glasstädter alles gegen uns unternommen hat.

KOMMISSARIN BLUM: Wollen Sie hier den Mord gestehen?

BÜHLER: Im Gegenteil, ich war die ganze Zeit heute an der Rezeption, was Ihnen meine Mitarbeiter und die Gäste bestätigen können.

KOMMISSARIN BLUM: Na gut, dann begucken wir uns jetzt mal den Toten. Und Sie, Herr Friedrichsberg, keine Alleingänge! Falls Sie etwas Interessantes entdecken, wenden Sie sich umgehend an unseren Studer hier.

WACHTMEISTER STUDER: Wachtmeister in vierter Generation!

KOMMISSARIN BLUM: Wir gehen!

KOMMISSÄR BÄRLACH: Sehr wohl, Frau Kommissär!

Die Polizei verschwindet so schnell, wie sie gekommen ist.

BÜHLER: Oh, Herr Friedrichsberg, Sie sind meine Rettung! Sie müssen mir helfen, diese infame Attacke auf mein Hotel zu klären! Aber warum ausgerechnet mein ärgster Konkurrent sich unsere Sauna zum Sterben aussucht …

FRIEDRICHSBERG: Aber nur, weil Sie es sind. Und weil's kurz vor Weihnachten ist und ich unterm Baum gerne Ruhe hätte. Und weil mich die Sache mit dem Yeti interessiert.

BÜHLER: Sie glauben, den Yeti gibt es wirklich?

FRIEDRICHSBERG: So wie ich an den Weihnachtsmann glaube.

BÜHLER: Und was wäre Ihre Theorie?

FRIEDRICHSBERG: Nun, Ihr Konkurrent wollte Ihre Kundschaft mit seinem Kostüm ein bisschen durcheinanderbringen, wurde aber von irgendwem in die Sauna gesperrt. Zack! Hitzschlag! Peng! Aus!

BÜHLER: Interessante Theorie, aber wo ist sein Kostüm geblieben?

FRIEDRICHSBERG: Genau das werde ich für Sie rausfinden. Aber zunächst würde ich mich gerne meines Badetuchs entledigen.

BÜHLER: Bitte nicht vor allen Gästen!

FRIEDRICHSBERG: Ach, oben! Auf meinem Zimmer. Und etwas Vernünftiges anziehen. Und dann gehen wir auf Pelzjagd!

STRAATEN *kommt dazu, mit seiner Frauenstimme*: Was für eine Pelzjagd, Trapper?

FRIEDRICHSBERG: Yeti-Pelz!

10. Türchen

»Lasst uns roh und munter sein«

ERZÄHLER: Bis die Badegruppe ihre Garderobe gewechselt hat, belauschen wir kurz ein heimliches Gespräch hinter einer der Hotelzimmertürchen. Diesmal verzichten wir auf eine Übersetzung, damit Sie einmal nur Chinesisch verstehen.

KUNG: Wir das müssen nutzen.
SUEY: Was?
KUNG: Das Pelz.
SUEY: Den Pelz.
KUNG: Wen?
SUEY: Den Pelz.
KUNG: Was ist mit den Pelz?
SUEY: Dem Pelz.
KUNG: Liegt da.
SUEY: Was liegt da?
KUNG : Das Pelz.
SUEY: Der.
KUNG: Wer?
SUEY: Der Pelz.
KUNG: Ja, von der Yeti.
SUEY: Dem.
KUNG: Wem?
SUEY: Dem Yeti.
KUNG: Ist dem Yeti sein Pelz.
SUEY: Das!
KUNG: Das Yeti?
SUEY: Der Yeti.
KUNG: Aber das Pelz?
SUEY: Der Yeti! Der Pelz!

KUNG: Sollten der nutzen.

SUEY: Den!

KUNG: Was wir sollen nun tun? Haben wir das Pelz von das Yeti.

SUEY: Den, dem.

KUNG: Dem Pelz von den Yeti.

SUEY *verzweifelt*: Hoooo.

KUNG: Habe Idee.

SUEY: Und?

KUNG: Bayern und Konkurrenten von uns haben gestern in Nacht Spaziergang durch Hotelpark gemacht. Ziehe ich an das Pelz, tu, als wäre ich dem Yeti und jage schlimmen Schrecken ein die beiden.

SUEY: Ziehe ich an DEN Pelz, tu, als wäre ich DER Yeti und jage schlimmen Schrecken ein DEN beiden!

KUNG: Werde so erschrecken, dass keine Lust mehr, in Hotel Geld zu geben. Vielleicht ich erschrecke sogar zu Tode.

SUEY: Wen?

KUNG: Den beiden!

SUEY: DIIIIIIIIIIE beiden!

Wieder das Klopfen in der Heizung.

KUNG: Psssssst! Du gehört?

SUEY: Das Klopfen?

KUNG: Ja …

SUEY: Heizung ist, nichts Besonderes!

KUNG: Schon wieder!

SUEY: Nur heißt für uns: Renovierung wird teuer!

KUNG: Jetzt auch Singen!

SUEY: Ist normal, wenn klopft Heizung!

KUNG: Nein, ist anderes Singen! Hier, leg Ohr auf.

SUEY: Ooooh, heiß!

KUNG: Hier du Ohr auflegen!

SUEY: Ja, recht … seltsam … klingt wie Oper italienische …

KUNG: Vielleicht spukt tote Sänger in Haus?

SUEY: Im … im Haus! Du nie lernen!

ERZÄHLER: Wir auch nicht. Also zurück zu unseren drei Freunden. Dahl und Friedrichsberg waren indes in ihre üblichen Klamotten geschlüpft: Breitkord, Strickjacke und Unterziehrolli, während Straaten sich in ein imposantes Abendkleid gezwängt hatte.

STRAATEN *mit seiner Frauenstimme*: Heute Abend ist im grünen Salon ein Unterhaltungsprogramm angekündigt!
FRIEDRICHSBERG: Solange du nicht der Showact bist.
DAHL: Och, zu Hause wäre Frau Friedrichsberg sicher eine Attraktion!
STRAATEN *mit seiner Frauenstimme:* Was in Bad Herrenschwund geschieht, bleibt in Bad Herrenschwund!
FRIEDRICHSBERG: Wie ihr befehlt, Mylady!

ERZÄHLER: Im Grünen Salon begrüßte gerade Hoteldirektor Bühler seine Gäste zu der Soirée.

BÜHLER *fängt jedes Mal in normal langsamem Schweizer Tempo an zu sprechen, wird aber nach einiger Zeit technisch beschleunig*t: Meine Damen und Herren, nach den zurückliegenden aufregenden Stunden möchte ich Ihnen mit dem bevorstehenden Soloabend hier ein bisschen von der Muße zurückgeben, die Sie sich für Ihren Urlaub verdient haben. Dank der Organisation der Eventagentur Feez und Kokolores steht für Sie heute Abend exklusiv die weltberühmte Diseuse Mumu Fiffinger auf der Bühne mit ihrem extra für unser Haus zusammengestellten Lieder- und Anekdotenabend »Ein Leben aus dem Koffer – Revue durch das Jahrhundert«. Bitte begrüßen Sie die große Mumu Fiffinger.

ERZÄHLER *fasst die Ausführungen Bühlers zusammen und wird technisch darübergelegt*: Ich fasse wieder kurz zusammen: Für heute war im grünen Salon ein Soloabend anberaumt worden mit der von

Bad Herrenschwund bis Stuttgart weltberühmten Diseuse Mumu Fiffinger, organisiert von der Eventagentur Feez und Kokolores.

BÜHLER: Bitte begrüßen Sie die große Mumu Fiffinger!

Das Publikum applaudiert. FIFFINGER *singt.*

ERZÄHLER: Als der spärliche Applaus anhob, waren Straaten und Dahl bereits auf ihr Zimmer gegangen. Ihnen war der Show-Abend auf den Magen geschlagen.

11. Türchen

»Ach bitt'rer Winter«

ERZÄHLER: Währenddessen musste eine Dame im nahe gelegenen Wald einen ziemlichen Schrecken erfahren.

Nächtlicher Wald, ein Käuzchen ruft, der Wind heult, Frau Woffner geht durch den Schnee, der asiatische Yeti verfolgt sie, brummt, grummelt. Frau Woffner geht schneller, immer schneller, ist nahezu getrieben.

WOFFNER *im Wald*: Was … wer sind Sie? Was? Was wollen Sie von mir? Wer sind Sie? Hallo?! Aber … aber das ist doch … Aaaaahhhhhh!!!!

Kurz danach in einer Kneipe. Anfangssequenz.

WOFFNER *an der Bar*: Groß, weiß, zottelig, riesige Pranken … Er sieht mich, ich sehe ihn, er dreht sich weg, dreht sich noch mal zu mir um und reißt sein Maul auf und brüllt in einer ohrenbetäubenden Lautstärke. Ist mir durch Mark und Bein gegangen. Ich bin ganz knapp mit dem Leben davongekommen. Ich habe soeben … *trinkt* … den Yeti überlebt.

Fällt vom Barhocker.

ERZÄHLER: Erinnern Sie sich? Da waren wir am Anfang schon mal, doch ich musste Ihnen ja erzählen, was bis dahin passiert ist. Aber jetzt weiter im Text.

WIRT: Nun, junge Frau, nehmen Sie noch einen?
ERZÄHLER: Vielen Dank, aber ich muss noch etwas erzählen.

WIRT: Sie meine ich nicht.

ERZÄHLER: Oh, Verzeihung.

WIRT: Ich meine die Dame da an der Theke.

FRIEDRICHSBERG: Aber immer doch.

WIRT: Nicht Sie, die meine ich.

WOFFNER: Ja, ich auch.

FRIEDRICHSBERG: Und Sie sind sicher, dass das …

WOFFNER: … der Yeti war. Ich habe ihn doch gesehen. Ich spürte seinen Atem in meinem Nacken.

FRIEDRICHSBERG: Je nachdem, was er gegessen hat, kann das sehr unangenehm gewesen sein.

MUMMINGER: Verzeihung, darf ich mich zu Ihnen gesellen?

FRIEDRICHSBERG: Ah, Frau Fiffinger.

MUMMINGER: Nein, nein, mein wirklicher Name ist Fiffi Mumminger, nur mein Künstlername ist Mumu Fiffinger.

FRIEDRICHSBERG: Genial.

WOFFNER: Wir hatten noch nicht das Vergnügen!

MUMMINGER: Oh. Sie haben meinen Auftritt verpasst?

FRIEDRICHSBERG: Sie Glückliche.

MUMMINGER: Entschuldigung, ich bin eine weltbekannte Diseuse.

FRIEDRICHSBERG: Weltbekannt in Bad Herrenschwund!

MUMMINGER: Sicher, meine größte Zeit ist schon ein paar Tage her! Aber damals wurden sogar Kinder nach mir benannt!

FRIEDRICHSBERG: Fiffi oder Mumu? Ich will's gar nicht wissen!

REINHARDS: Entschuldigen Sie bitte, dass ich störe …

FRIEDRICHSBERG: Ja, das tun Sie.

REINHARDS: Herr Friedrichsberg, ich wollte mich nur nach Ihrer reizenden Frau Gemahlin erkundigen.

FRIEDRICHSBERG: Die ist bereits auf dem Zimmer. Den ganzen Tag die hohen Schuhe …

REINHARDS: Hach, die machen aber auch einen schlanken Fuß bei Ihrer Gattin. Schönen Abend noch.

MUMMINGER: Seltsamer Kauz. Ich habe heute Abend mein aktuelles Revueprogramm vorgestellt, morgen spiele ich ein Weihnachtskonzert. Wenn Sie Zeit und Lust haben …

FRIEDRICHSBERG: Tut mir leid, aber da kann ich nicht, da schlaf ich schon.

MUMMINGER: Schade. Ich habe Sie belauscht, ich interessiere mich für diesen Yeti.

FRIEDRICHSBERG: Zwischenmenschlich oder zoologisch?

MUMMINGER: Der soll doch in der Sauna gewütet haben.

WAYNE: Well, dürfen wir uns auch mischen in Ihre Unterhaltung, perhaps …

FRIEDRICHSBERG: Wer sind denn Sie?

WAYNE: I am Doug Wayne. Fabrikant for Bouletten from America. I make in Burger.

FRIEDRICHSBERG: Manche nutzen ja das Klo dafür.

WAYNE: And that's my Frau Frances.

FRIEDRICHSBERG: Macht die auch in Burger?

FRANCES: Hi.

FRIEDRICHSBERG: Was, der jetzt auch noch?! Hai und Yeti?

WAYNE: I will tell Ihnen was. You have völlig recht, man.

WOFFNER: Womit?

WAYNE: With der Yeti. Der gibt es.

FRIEDRICHSBERG: Ach.

WAYNE: Yeah. And he wütet here schon a lot of time rum.

FRIEDRICHSBERG: Wie habe ich das zu verstehen?

FRANCES: We have win this in a Preisausschreiben.

FRIEDRICHSBERG: Ach. Sie auch?

FRANCES: Many of the Gäste win this in a Preisausschreiben.

WAYNE: We are here for vier weeks. And always verschwinden Gäste immer wieder.

FRIEDRICHSBERG: Was heißt das?

FRANCES: You are doch der Meisterdetektiv.

FRIEDRICHSBERG: Ach, hat sich das also auch schon rumgesprochen?! Zu den verschwundenen Gästen: Wann, wer, wo und wie?

FRANCES: Well, for the first time zwei days after unsere Ankunft. A Ehepaar from Dubai. Scheichs or so what. The Hoteldirektor versuchte, that the whole shit nobody merkte. But he was afraid.

WAYNE: Well, and we dachten, they are abgereist.

FRANCES: Here in the Hotel is a come and a go.

MUMMINGER: Verzeihung, ein was?

FRIEDRICHSBERG: Ein Kommen und Gehen.

WAYNE: And then Mr und Mrs Martinez from Spanien.

FRIEDRICHSBERG: Und?

FRANCES: We were sitting on the Terrasse in the Nachmittag. They were sitting neben uns. And we an die Bar, wollten Cocktails. For us and for the Martinez. And when we come wieder on the Terrasse, they are weg.

FRIEDRICHSBERG: Und nicht wieder aufgetaucht.

WAYNE: That's richtig.

FRANCES: Darling, you know, it was fast the same with the McAllister-Fournitures from Schottland, with the van de Grachts from Amsterdam and with the Hikihökkimömmins from Finnland.

FRIEDRICHSBERG: Moment! Sie wollen also damit sagen, dass in einer Woche zehn Menschen aus diesem Hotel verschwunden sind?

WAYNE: Yes. Spurlos.

MUMMINGER: Verzeihung, darf ich mich noch einmal einmischen?

FRIEDRICHSBERG: Mischen Sie.

MUMMINGER: Vielleicht spukt es ja hier. In meinem Zimmer hab ich diese Nacht so ein Klopfen gehört!

FRIEDRICHSBERG: Das ist ein Hotel, da wird schon mal geklopft … Grad an fremden Türen.

MUMMINGER: Und dann ein Singen!

FRIEDRICHSBERG: Gibt Menschen, die erledigen das diskret, einige unter der Dusche …

MUMMINGER: Aber es kam aus der Heizung!

FRIEDRICHSBERG: Hach, wenn's Ihnen zu heiß wird, machen Sie doch die Fenster auf.

MUMMINGER: Wie aus einer italienischen Oper … seltsam lockender Gesang … wie von Sirenen.

FRIEDRICHSBERG *ironisch*: Die einzige Sirene die ich grade höre, ist die vom Krankenwagen in die Klinik.

FRANCES: No, no, maybe she hat recht. There sind so many Sagengestalten. And they leben all here in the Schwarzwald.

FRIEDRICHSBERG *ironisch*: Zwei Krankenwagen!

MUMMINGER: Naja, vielleicht haben ja die Sirenen aus dem Mummelsee die Hotelgäste zu sich geholt und in die Untiefen des Gewässers gezogen.

FRIEDRICHSBERG: Wie sollen die das gemacht haben? Mit dem Bus? Da fährt doch so spät nichts mehr zurück!

MUMMINGER: Gespenster und Geisterwesen fahren doch nicht mit dem ÖPNV.

WAYNE: Well, Geister … I have ein paar gehört here.

FRIEDRICHSBERG: Hier im Haus?

WAYNE : Yes.

FRIEDRICHSBERG: So kurz vor Heiligabend? Das kann nur der Geist der Weihnacht sein.

FRANCES: Yes, yes, in every Nacht schlagen big, schwere Türen, and I get wach davon. Cannot sleep durch here.

FRIEDRICHSBERG: Gnädige Frau, das hier ist ein Hotel, da schlägt immer mal wieder eine Türe.

FRANCES: But here are viele Geräusche. And all are spooky. And many, many doors.

FRIEDRICHSBERG: Und dahinter …

FRANCES: … is it am spuken.

FRIEDRICHSBERG: Ich müsste das alles mal untersuchen.

MUMMINGER: Nein! Lassen Sie das! Wir wollen doch keine Geister wecken!

FRIEDRICHSBERG: Oh doch, ich wecke für mein Leben gern Geister auf. Gerade die, die nur vorgeben, welche zu sein!

WOFFNER: Darf ich dazu auch was sagen?

FRIEDRICHSBERG: Bitte, Frau Woffner.

WOFFNER: Mein Mann ist auch verschwunden.

FRIEDRICHSBERG: Wie bitte?

WOFFNER: Morgens. Nach dem Frühstücksbüfett. Dann ist er zum Rauchen auf die Terrasse und nicht mehr zurückgekehrt.

FRIEDRICHSBERG: Ah. Und?

WOFFNER: Ich wollte die Polizei verständigen.

FRIEDRICHSBERG: Haben Sie aber nicht?

WOFFNER: Nein. Man muss das auch mal als Chance sehen.

FRIEDRICHSBERG: Und jetzt fürchten Sie den Yeti.

WOFFNER: Weil ich davon ausgehe, dass er mich auch holen kommt.

FRIEDRICHSBERG: Abwegig.

WOFFNER: Naja.

Zwischenspiel.

NACHRICHTENSPRECHERIN: Bad Herrenschwund. Seltsame Vorgänge in einem Schwitz … Schwatz … Schweizer … Pardon, in einem Hotel im Schwarzwald: Zeugen wollen beobachtet haben, wie ein schneemenschähnliches Ungetüm, vermutlich der Yeti, sein Unwesen im Wellnessbereich getrieben haben soll. Auch ist von Geistern und Gespenstern die Rede. Die Polizei ermittelt bereits, ebenso ein schwergewichtiger …

FRIEDRICHSBERG: Nanana!

NACHRICHTENSPRECHERIN: … Rentner. Und nun das Wetter.

Ende des Zwischenspiels.

ERZÄHLER: Der Schwarzwald – dieser dunkle, majestätische Forst – schwarz leuchtend, voll dunkel-mächtiger Tannen, hat im Laufe der Zeiten schon viele Leben geschluckt und nie wieder hergegeben. Und auch heute sollte der tiefverschneite Wald seinem Ruf auf blutrünstige Weise gerecht werden. Der asiatische Yeti nämlich, der auf seinen Kontrahenten Mauritz Schlotz nebst Gattin gehofft hatte – Sie erinnern sich: der teure Trachtenjanker und das edle Abendkleid –, hatte zwar bei der schreckhaften Hotelgästin Renate Woffner noch vollen Erfolg, traf dann jedoch auf den kurzsichtig zu nennenden Gero Büsenbecker – was an und für sich kein Problem hätte darstellen sollen, jedoch war Gero Büsenbecker begeisterter Hobbyjäger und hielt Herrn Kung in seinem Kostüm in freier Schneelandschaft für fette Jagdbeute.

BÜSENBECKER: Ach, du meine Güte, das ist aber ein kapitaler … sonst hätte ich den ja kaum geseh … Was kann das sein? Hirsch? Elch? Eisbär … naja, is eh wurscht!

Schießt aus einer Donnerbüchse.

ERZÄHLER: Also streckte er es, besser: ihn mit einem satten Blattschuss nieder. Doch als sich Büsenbecker die Jagdtrophäe näher besieht …

BÜSENBECKER: Ein Hirsch ist das nicht!

ERZÄHLER: … packt ihn die Angst, könnte er doch ein geschütztes Tier erlegt haben und darüber seinen Jagdschein verlieren.

BÜSENBECKER: Ich hab ja gar keinen.

ERZÄHLER: Um so schlimmer!

BÜSENBECKER: Was mach ich denn jetzt … was mach ich denn jetzt? Am besten, ich buddle das Ding einfach ein. Oder soll ich wenigstens die Leber rausschneiden? Bei Innereien kann man ja eigentlich nichts falsch machen.

ERZÄHLER: Er verwirft jedoch den Gedanken wieder und vergräbt das noch in seltsamen Lauten jammernde Tier unter dem Schnee, dann macht er sich schwerfällig durch selbigen davon.

12. Türchen

»Ihr Mörderlein kommet, o kommet doch all!«

FRIEDRICHSBERG: So, meine Herren, ziehen wir mal Bilanz.

STRAATEN: Mir ist das diesmal viel zu undurchsichtig, ich blick hier nicht mehr durch.

FRIEDRICHSBERG: Wir haben den italienischen Knopf, der mir im Zug aufgefallen ist.

STRAATEN: Gibt es einen Italiener zum Knopf?

FRIEDRICHSBERG: Nein, aber das heißt nichts. Vielleicht ein Profi. Was haben wir noch? Nun, äh … drei Ehepaare, davon zwei asiatisch, das dem Hoteldirektor Bühler Umschläge zuschanzt, vermutlich mit viel Geld drin.

DAHL: Dazu die Ehepaare, die hier von der Terrasse verschwunden sind.

STRAATEN: Und wir haben den Yeti, der eine Leiche in der Sauna hinterlassen hat.

DAHL: Ausgerechnet den Hotelier von gegenüber!

STRAATEN: Und die singende, spukende Heizung. Nur, wie hängt das alles zusammen?

DAHL: Ob überhaupt?!

STRAATEN: Und was ist mit den Geistern, die hier nachts durchs Haus spuken und Türen knallen?

FRIEDRICHSBERG: Alles sehr merkwürdig. Aber das Merkwürdigste …

STRAATEN: Ja, was?

FRIEDRICHSBERG: Das Merkwürdigste …

DAHL: Ja, nun sag doch!

FRIEDRICHSBERG: Das Merkwürdigste ist doch, dass in dieser Geschichte keine Einheimischen auftauchen.

STRAATEN: Wie meinst du das, Friedrichsberg?

FRIEDRICHSBERG: Naja, ein Schweizer Hoteldirektor, Paare aus Amerika, Spanien, Finnland, Schottland, Holland, Asien und

Bayern. Nur aus Bad Herrenschwund haben wir noch keinen getroffen. Der einzige, der hier wirklich aus dem Schwarzwald zu kommen scheint, das ist der Yeti.

Es spukt in der Heizung.

DAHL: Psst!

FRIEDRICHSBERG: Was denn?

DAHL: Was war das?

STRAATEN: Es hat in der Heizung geklopft!

DAHL: Da, schon wieder!

FRIEDRICHSBERG: Das haben alte Heizungen manchmal so an sich, nichts Besonderes …

DAHL: Aber jetzt heult es auch noch aus der Heizung.

STRAATEN: Das kommt häufig mit dem Klopfen zusammen. Bei dem Hotel braucht nicht nur die Fassade einen neuen Anstrich.

DAHL: Kommt mal her und legt eure Ohren an das Rohr!

STRAATEN: Was?

DAHL: Macht einfach!

STRAATEN: Au, Mensch, heiß! Verdammt noch mal!

FRIEDRICHSBERG: Euch zwei sollte man jetzt mal fotografieren … wie ihr da auf dem Boden hockt, mit dem Ohr am Rohr.

STRAATEN: Dahl, du hast recht … seltsam. Das klingt, als ob die Heizung eine italienische Oper singen würde.

Im Versammlungsraum. Es wird durcheinandergeredet, getrunken und dann ans Glas geschlagen.

SÄUMIG: Ruhe! Ruhe! Ich bitte um Ruhe! Also, wir müssen noch entscheiden, wie wir das bayrische Ehepaar und die Asiaten loswerden.

ERZÄHLER: Der Bad Herrenschwunder Heimat- und Gesangsverein hatte sich am nächsten Mittag im Festsaal der Gastwirtschaft »Zum goldenen Ochsen« versammelt.

SCHMACHTERLE: Mein Kühlhäusle ist rappelvoll, wir können so nicht weitermachen!

SÄUMIG: Wir haben einen Plan und daran halten wir fest!

SCHMACHTERLE: Aber was soll denn jetzt aus denen werden?

TÖDERLE: Du denkst nur an dich! Ich habe mein Kühlhaus auch voll! Was mache ich mit meinen Leichen?

SCHMACHTERLE: Und ich mit meinen Schweinen?

TÖDERLE: Du vergleichst unsere Verstorbenen mit deinen Schweinen?!

SÄUMIG: Zunächst einmal ein herzliches Dankeschön an die Herren vom Jägerverein, dass sie ohne viel Aufhebens die fünf Ehepaare …

HORST: Immerhin zehn Personen!

SÄUMIG: Ja, ja. Also diese zehn Personen, so … so … äh, ja, so galant, muss man sagen …

HORST: Gern geschehen. Ist ja für eine gute Sache.

SÄUMIG: Eben. Und auch ein herzliches Dankeschön an unsere Frau Apothekerin …

APOTHEKERIN: Gerne.

SÄUMIG: … und ihre Mitarbeiterinnen für das Besorgen und Bereitstellen vom Chloroform.

APOTHEKERIN: In Bad Herrenschwund hält man zusammen!

SÄUMIG: Genau, und auf diese Weise konnten die Ehepaare mühelos betäubt und dank der Herren vom Turnverein leicht von der Terrasse geschafft werden.

ACHIM: Leicht? Das war Schwerstarbeit! Zumindest bei den Schotten!

SÄUMIG: Wie dem auch sei, auf uns alle ein kräftiges Prost!

TÖDERLE: Aber wie geht's denn jetzt weiter?

SÄUMIG: Mit den Bayern und den Asiaten.

TÖDERLE: Erst müssen wir das Lagerproblem lösen! Wohin mit den Eisblöcken?

SÄUMIG: Ja, also … ich dachte … wir wollten ja … also alle zusammen …

APOTHEKERIN: Da haben wir uns tatsächlich keine abschließenden Gedanken zu gemacht! Betäuben, entführen, dann Blattschuss und ab in die Kühltruhe mit eiskaltem Wasser. Langsam einfrieren lassen. Nur haben wir jetzt eben zehn riesige Eisblöckle rumstehen.

SCHMACHTERLE: Ich im Kühlhäusle meiner Schlachterei!

TÖDERLE: Und ich bei mir in der Leichenhalle meines Bestattungshauses!

SCHMACHTERLE: Da muss ja nur mal das Gesundheitsämtle unangemeldet …

SÄUMIG: Es ist doch für den guten Zweck. Es geht um unser wunderschönes Bad Herrenschwund. Oder wollt ihr, dass hier die Großinvestoren einziehen …

ALLE: Nein!

SÄUMIG: … das ganze Hotel »Drei Raben« aufmotzen …

ALLE: Nein!

SÄUMIG: … und den Massentourismus ankurbeln?

ALLE: Nein!

SÄUMIG: Nur noch Schweizer hier?

ALLE: Nein!

SÄUMIG: Wo bleibt da unser schöner Schwarzwald?!

ALLE: Ja, wo isser hin? Wo bleibt er?

SÄUMIG: Wo die hübschen Frauen mit den Bollenhüten?

SCHMACHTERLE: Wo sind sie hin?

SÄUMIG: Vorbei die ruhigen Zeiten, vorbei die Beschaulichkeit, vorbei ist es dann auch mit dem Luftkurort. Wollt ihr das?

ALLE: Nein.

SÄUMIG: Na also.

SCHMACHTERLE: Aber wohin denn mit den Eisblöcken jetzt?

SÄUMIG *rastet aus*: Ihr immer mit euren Eisblöcken! Ich hör immer nur Eisblöcke, Eisblöcke, Eisblöcke! *Ruhiger*. Also gut. Morgen früh besorge ich mir den großen Schlittenwagen meines Schwagers und wir schaffen Punkt 7 Morgen für Morgen die Leicheneisblöcke in die Eishöhle im Silbergründle.

TÖDERLE: Punkt 7?

SÄUMIG: Punkt 7.

SCHMACHTERLE: Und jetzt?

SÄUMIG: Einen eisgekühlten Aquavit!

ALLE *stoßen an*: Prost!

13. Türchen

»Tochter Fiffi, freue dich!«

Im Frühstücksraum.

DAHL: Ich hab das nicht verstanden, warum komme ich denn heute in den Genuss des Frühstücks und Straaten verzichtet freiwillig?

FRIEDRICHSBERG: Der hatte heute Morgen keine Lust aufs Damenkostüm.

DAHL: Und deswegen muss ich da rein?

FRIEDRICHSBERG: Du bist meine Frau.

DAHL: Auch schön!

FRIEDRICHSBERG: Wir schmieren Straaten gleich 'ne Stulle und schmuggeln sie aufs Zimmer.

BÜHLER: Ah, einen schönen guten Morgen, der Herr, die Dame ...

FRIEDRICHSBERG: Guten Morgen, Herr Bühler.

DAHL *mit seiner Frauenstimme*: Guten Morgen! Guten Morgen!

BÜHLER: Sie scheinen mir etwas kleiner geworden zu sein über die Nacht, Frau Friedrichsberg. Vielleicht sollten Sie nicht zu ausgiebig saunieren.

DAHL *mit seiner Frauenstimme*: Wie bitte?

BÜHLER: Nicht, dass Sie uns noch weiter einlaufen!

DAHL *mit seiner Frauenstimme*: Ach so, ja, ja! War wohl zu lange drin.

BÜHLER: Haben Sie denn wohl geruht?

FRIEDRICHSBERG: Im Rahmen unserer sehr beschränkten Möglichkeiten schon.

DAHL *mit seiner Frauenstimme*: Mein Mann schnarcht, müssen Sie wissen.

FRIEDRICHSBERG: Aha. Hör ich nie was von.

DAHL *mit seiner Frauenstimme*: Du schläfst ja meist auch, wenn du schnarchst.

FRIEDRICHSBERG: Stimmt, daran wird's liegen.

REINHARDS: Ah, guten Morgen, Frau Friedrichsberg.

DAHL *mit seiner Frauenstimme*: Guten Morgen, guten Morgen!

REINHARDS: Schön, Sie zu sehen. Moment, klein sind Sie geworden, kann das sein?

DAHL *mit seiner Frauenstimme*: Äh … ich … äh, ich bin nur konzentriert.

REINHARDS: Ein Destillat, sozusagen. Hahaha. Apropos, darf ich Sie heute Abend zu einem Drink an die Bar einladen?

DAHL *mit seiner Frauenstimme*: Ich soll mich nicht von fremden Männern ansprechen lassen. Hat mich schon meine Mutter vor gewarnt.

REINHARDS: Eine kluge Frau. Leider. Dann nichts für ungut. Einen schönen Tag Ihnen, Frau Friedrichsberg. Wiedersehen.

DAHL *mit seiner Frauenstimme*: Ja, Wiedersehen, Wiedersehen.

REINHARDS: Eine heiße Schnecke …

DAHL: Mach du doch auch mal was.

FRIEDRICHSBERG: Wieso denn? Ich gönn dir jeden kleinen Urlaubsflirt.

BÜHLER: Wie dem auch sei …

FRIEDRICHSBERG: Ach, Sie sind ja auch noch da.

BÜHLER: Ja, ja. Darf sich Frau Mumminger zu Ihnen an den Tisch gesellen?

DAHL *mit seiner Frauenstimme*: Aber selbstverständlich.

BÜHLER: Haben Sie besondere Pläne für heute?

FRIEDRICHSBERG: Ja, wir wollen einen zünftigen Schneespaziergang machen.

DAHL *mit seiner Frauenstimme*: Ach, wollen wir?

BÜHLER: Dann wünsche ich Ihnen einen schönen Tag zusammen.

FRIEDRICHSBERG: Ihnen auch.

MUMMINGER: Was höre ich da? Wir machen einen Spaziergang im Schnee? Guten Morgen, ihr zwei Hübschen.

DAHL *mit seiner Frauenstimme*: Hübsch trifft's. Guten Morgen, Frau Mumminger.

FRIEDRICHSBERG: Ich schaufel mir jetzt erst mal einige Portionen

Rührei auf den Teller. Mit Würstchen. Und ein paar Brötchen. Und grobe Leberwurst. Und ein paar Sorten Käse. Und vielleicht noch einige Spiegeleier zu den Guten-Morgen-Rösti. Und zwei Kannen Kaffee. Mit Milch. Und Zucker. Ha! Haben die auch Croissants?

DAHL *mit seiner Frauenstimme*: Sag mal, willst du platzen?

FRIEDRICHSBERG: Wenn, dann nach dem Frühstück.

MUMMINGER: Darf ich mit?

FRIEDRICHSBERG: Zum Büfett?

MUMMINGER: Zum Schneemarsch. Lassen Sie mich Ihre Eisprinzessin sein.

FRIEDRICHSBERG *vertraulich*: Frau Mumminger, kommen Sie mal ran …

MUMMINGER: So?

FRIEDRICHSBERG *im Geheimen*: Nee, näher.

MUMMINGER: So?

FRIEDRICHSBERG *flüstert*: Ja. Und jetzt hören Sie mir mal gut zu.

MUMMINGER: Was denn?

FRIEDRICHSBERG *flüstert*: Wir gehen jetzt gleich auf Yeti-Jagd.

DAHL: Was?! Yeti-Jagd?

FRIEDRICHSBERG: Ja-ha. Und da hat doch eine feine Dame nichts verloren.

MUMMINGER: Da haben Sie recht. Erlegen Sie ihn, Sie holder Held, ziehen Sie ihm das Fell ab und bringen Sie es als Trophäe mit. Wir könnten es in der Bibliothek vor den Kamin legen.

FRIEDRICHSBERG: Tja, aber wer weiß, wer da wohl nach unserer Jagd liegt.

14. Türchen

»Leise rieselt der Schnee«

Die drei stapfen durch den Schnee.

FRIEDRICHSBERG: Aaaahhh, ist das eine herrliche Luft.

DAHL: Mir ist einfach nur kalt. Und es geht die ganze Zeit bergauf.

STRAATEN: Und dann wieder runter.

DAHL: Ja, und dann wieder hoch.

FRIEDRICHSBERG: Verblüffend, wie ihr beide komplizierte geografische Komplexitäten auf den Punkt zu bringen wisst.

DAHL: Mir tun einfach nur die Füße weh.

STRAATEN: Vielleicht gibt's hier ja zum Ausruhen mal so etwas wie eine Kapelle.

FRIEDRICHSBERG: Im Wald wird nicht musiziert!

DAHL: Bitte?

FRIEDRICHSBERG: Ich habe als Kind immer auf dem Berg dem Heiland am Kreuz die Fußsohlen gekitzelt. Jedem. Auf jedem Berg. Hab mich immer gewundert …

STRAATEN: Worüber?

FRIEDRICHSBERG: … dass es nicht nur einen Heiland gibt, so viele, wie da rumhängen.

DAHL: Und warum hast du den gekitzelt?

FRIEDRICHSBERG: Ich wollte, dass er wenigstens einmal lacht!

STRAATEN: Wonach suchen wir überhaupt?

FRIEDRICHSBERG: Hab ich euch doch gesagt.

STRAATEN: Ich hab's mittlerweile wieder vergessen. Wir stapfen ja schon seit vier Stunden durch die verschneite Pampa.

FRIEDRICHSBERG: Stopp! Da!

STRAATEN: Was, da?

FRIEDRICHSBERG: Da!

DAHL: Da?

FRIEDRICHSBERG: Ja! Jupp, nimm mal dein Opernglas, vielleicht kannst du was Genaueres erkennen!

STRAATEN: Ein in Loden gewandeter Waidmann, na und?

FRIEDRICHSBERG: Ja, aber was macht der da?

STRAATEN: Der … der buddelt im Schnee und …

FRIEDRICHSBERG: Ja, und?

STRAATEN: … und zieht … und zieht den Yeti aus einem Schneeloch.

DAHL: Nein!

STRAATEN: Doch!

DAHL: Ohhh!

STRAATEN: Hmm!

FRIEDRICHSBERG: Pscht! Was macht er jetzt?

STRAATEN: Grausam! Er zieht dem Yeti das Fell ab.

FRIEDRICHSBERG: Quatsch, das ist bestimmt nur ein Kostüm!

STRAATEN: Du hast recht …

DAHL: Schade!

FRIEDRICHSBERG: Was? Woran hast du denn geglaubt? An den echten Yeti?

DAHL: Weiß man's?!

STRAATEN: Das ist wohl einer der Asiaten.

FRIEDRICHSBERG: Was macht er denn jetzt?

STRAATEN: Der Waidmann lässt ihn wieder zurück ins Loch fallen und schiebt den Schnee drauf. Jetzt schlüpft er selbst in das Yeti-Kostüm.

FRIEDRICHSBERG: Der will wohl selber Gäste erschrecken gehen. Aber warum?

ROSSI: Scusi, dasse icke Sie störe, meine Herre.

ERZÄHLER: Die drei fuhren schreckartig herum. Da stand ein kleiner, elegant gekleideter Mann mit einer Pistole samt Schalldämpfer vor ihnen.

FRIEDRICHSBERG: Auf Ihren Auftritt warte ich schon länger.

ROSSI: Gestatte, Rossi.

STRAATEN: Ein Italiener. Der Mann zum Knopf aus dem Zug?

FRIEDRICHSBERG: Exakt.

ROSSI: Esse tute mir leide, dasse icke Ihre Plane stoppe musse, abere Sie gehe mire auffe die-e Sacke.

FRIEDRICHSBERG: Worauf?

ROSSI: Cazzo.

DAHL: Katze?

ROSSI: Sack.

FRIEDRICHSBERG: Ah. Dann lassen Sie mal die Katze aus dem Sack.

ROSSI: Sie durchkreuze immere wiedere meine Plane unde hindere micke anne meine Arbeite. Iste genuk. Basta.

FRIEDRICHSBERG: Und nun? Drei gezielte Pistolenschüsse und aus?

ROSSI: No. Die-e viele Rott wurde manne docke soforte sehe inne die-e schöne weiße Schnee!

FRIEDRICHSBERG: Stattdessen …

ROSSI: … habe icke ettewasse fure Sie vorbereitet-ette.

ERZÄHLER: Er wies mit dem Lauf seiner Pistole hinter sich und ließ die drei an sich vorbeistapfen. Im Gänsemarsch mühten sie sich um die hundert Schritte durch den Schnee und blieben dann vor einem Iglu stehen.

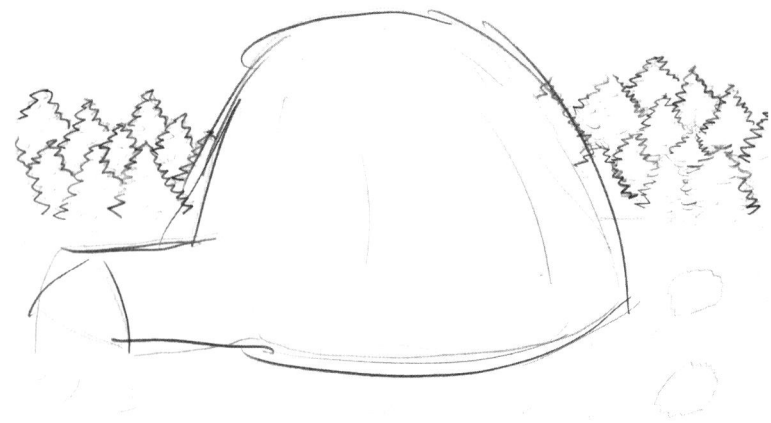

STRAATEN: Das gibt's ja nicht!

FRIEDRICHSBERG: Da sollen wir jetzt rein?

ROSSI: Ja. Sonste musse icke Sie-e erste niddereslage unne dasse wolle Sie-e nickte unne icke wille dasse auche nickte.

FRIEDRICHSBERG *stöhnt auf.* Also erst mal wird mir hier viel zu viel genickete und zweitens: Ich verspreche euch eins, das wird das letzte Kreuzworträtsel gewesen sein, dass ich gelöst habe.

STRAATEN: Wir nehmen dich beim Wort!

DAHL: Also ich war noch nie in 'nem Iglu. Ist doch mal interessant!

ROSSI: Nickte swätze, lose, rein da.

FRIEDRICHSBERG: Jajajaja … Kommt ihr?!

STRAATEN: Ja.

DAHL: Hm.

ERZÄHLER: Als die drei in dem Iglu verschwunden waren, schob der Italiener von außen einen massiven Eisblock vor den Eingang, verputzte alles mit Schnee und machte sich davon.

ROSSI: Unde nune wünsche icke den Herren frostige Weihnachten. Hahaha …

15. Türchen

»Ihr Hirten, erwacht!«

ERZÄHLER: Was sich einige Zeit später im Hotel abspielen sollte, lässt sich in einem knappen Wort sagen: absolutes Chaos. Gut, zugegeben, es sind zwei Wörter. Aber es war auch sehr viel Chaos. Ein Yeti kam über die Terrasse, der andere zum Haupteingang herein. Ja, Sie haben richtig gelesen, verehrte Leserinnen und Leser: Plötzlich waren da zwei Yetis. Die Gäste stieben nur so auseinander, rannten aus dem Haus, auf ihre Zimmer, verschanzten sich in der Küche, im Vorratsraum, auf dem Speicher. Das ging so lange, bis sich die beiden Yetis auf einmal gegenüberstanden. Die staunten nicht schlecht, wichen erst zurück, kamen sich dann wieder etwas näher, begrunzten sich vorsichtig, bis der eine von ihnen sagte:

ACHIM: Horst, bist du's?
HORST: Mensch, Achim. Hast du mir einen Schrecken eingejagt!
ACHIM: Was machst du hier?
HORST: Ich sollte doch heute die Gäste hier aufscheuchen. Und du?
ACHIM: Ich hab den Pelz hier ausgebuddelt.
HORST: Wo?
ACHIM: Im Wald.

ERZÄHLER: Treffen sich zwei Yetis … Könnte der Anfang eines schlechten Witzes sein. Das denken sich auch Frau Chop und Herr Fu, als sie zufällig Zeugen dieser Begegnung werden.

CHOP: Ob das Kung?
FU: Was?
CHOP: Einer von Yetis.
FU: Weiß nicht. Beide groß.
CHOP: Ja, Kung kleiner.

FU: Yetis gehen. Wohin? Was machen?

CHOP: Sagen Suey Bescheid!

FU: Nein, gucken, was Yeti machen. Einer muss wisse, wo Kung.

ERZÄHLER: Und so schlichen Frau Chop und Herr Fu über die leeren Hotelflure, immer den beiden Yetis hinterher. In der Bar hielten die Zottelwesen dann an und nahmen die Köpfe ihrer Verkleidung ab.

HORST: Puh, ist das heiß darunter!

ACHIM: Ja, jetzt könnte ich eine kleine Erfrischung gebrauchen!

HORST *ruft*: Bartender? Oh, keiner da! Dann ist heute Abend hier wohl Selbstbedienung. Achim, was magst du trinken?

ACHIM: Ein sauren Gspritzten.

HORST: Bist eingeladen!

ERZÄHLER: Plötzlich kamen Frau Chop und Herr Fu mit einem Satz in die Bar gesprungen.

ACHIM: Huch, haben Sie mich erschreckt! Das sollte eigentlich andersrum sein.

FU: Ist keiner von euch Kung! Wo er ist?

CHOP: Wer ihr seid?

ACHIM: Also ich bin der Achim und das ist der Horst.

HORST: Ich bin Horst.

CHOP: Wo Kung?

HORST: Was habt ihr denn immer mit'm Kung?

CHOP: Habt ihr Yeti von Kung an.

ACHIM: Tja, also … also der Kung … ja, nun, der Kung …

HORST: Komm, Achim, sag's ihnen.

ACHIM: Ja, ich hab den Yeti-Pelz vom Kung. Und der Kung liegt tot im Wald herum.

ERZÄHLER: Achim vom Turnverein hatte den Satz noch nicht zu Ende gesprochen, da waren Frau Chop und Herr Fu schon neben die beiden Yetis geglitten. Die Chinesen lächelten kurz wie hauchdünnes Porzellan, dann drückte Frau Chop dem Waidmann mit dem kleinen Finger der linken Hand an die Schläfe und Herr Fu berührte den Turnvereinsmann kurz mit dem Daumen an der Brust und schon rutschten die beiden Yeti-Darsteller leblos vom Hocker. Unterdessen, tief im Wald, im eisigen Iglu-Gefängnis …

STRAATEN: Wie sollen wir hier jemals wieder lebendig rauskommen? Diesmal haben wir es überreizt. Es ist aus, Friedrichsberg.

FRIEDRICHSBERG: Ach. Unsinn. Wir rufen über das Handy Hilfe!

STRAATEN: Ach, sehr gut.

FRIEDRICHSBERG: Die schicken einen Suchtrupp los und in ein oder zwei, drei Tagen werden wir gerettet.

STRAATEN: Mein Handy hat keinen Empfang!

FRIEDRICHSBERG: Mist, meins auch nicht! Dahl?

DAHL: Ich hab mein Handy im Hotel gelassen, hatte gar nicht vor zu telefonieren. Ist im Ausland immer so teuer.

FRIEDRICHSBERG/STRAATEN: Ausland!?

DAHL: Ja.

FRIEDRICHSBERG/STRAATEN: Wir sind im Schwarzwald!

DAHL: Ja. Ähm, ich benutze mein Handy eigentlich nur von zu Hause, so habe ich die Kosten immer im Griff!

FRIEDRICHSBERG: Dann ist ein Handy bei dir doch völlig sinnlos!?

DAHL: Ruft ja auch nie wer an!

FRIEDRICHSBERG: Dann Plan B: Wir reiben die Hände aneinander, bis sie warm sind und dann halten wir sie gegen die Wände des Iglus und bringen so das Eis zum Schmelzen.

STRAATEN: Ach, du bist doch nicht mehr bei Sinnen. Wie lange willst du denn da reiben?

FRIEDRICHSBERG: Und immer schön an derselben Stelle.

STRAATEN: Vergiss es, Friedrichsberg!

FRIEDRICHSBERG: Dann wirst du das Ding hier in einigen Tagen als Tiefkühlware wieder verlassen. Ich jedenfalls …

ERZÄHLER: Hier zog Alfons Friedrichsberg eine seiner geliebten Zigarren aus seinem Schneeanzug …

FRIEDRICHSBERG: … werde mir eine Zigarre genehmigen.

ERZÄHLER: … kramte Streichhölzer hervor, von denen er eines anriss und seinen Qualmer befeuerte.

FRIEDRICHSBERG: Ich brenn uns hier raus!
STRAATEN: Vergiss es, Friedrichsberg!

ERZÄHLER: Doch der Dicke ließ sich nicht beirren und paffte direkt an der Eiswand, rieb seine Hände, wärmte die Wand. Dahl und Straaten taten es ihm widerwillig nach, und so wärmten und so hofften sie … Stück für Stück … eigentlich hoffnungslos, da hatte Straaten recht. Hm … diesmal wüsste ich auch keinen Ausweg.

FRIEDRICHSBERG: Doch! Ich Brot! »Weg«, das ist die Lösung!
ERZÄHLER: »Weg«?! Was meinste damit? Ist das schon die berühmte Kälteidiotie?
STRAATEN: Dafür braucht der keine Kälte. Blöd ist der schon bei Zimmertemperatur.
FRIEDRICHSBERG *tadelnd*: Na! Das hier könnte uns behilflich sein.

ERZÄHLER: Friedrichsberg zog aus den Tiefen seiner Schneeschuhe die Einlagen hervor.

STRAATEN: Uh, du willst, dass wir an deinem Geruch zugrunde gehen, ehe uns der Kältetod ereilt?
FRIEDRICHSBERG: Nein. Ich hab beheizbare Einlagen in meinen Stiefeln!
DAHL: Und das sagst du erst jetzt?! Meine Füße sind Eiszapfen! Her damit!
FRIEDRICHSBERG: Komm, Eisbein steht dir gut! Mit den beheizbaren Einlagen schmelzen wir uns nach draußen!
STRAATEN: Oder wir sterben an den Pilzsporen aus deinem Fußbett!
FRIEDRICHSBERG: Am besten flach atmen!

ERZÄHLER: Es dauerte zwar noch eine ganze Weile, aber dann …

STRAATEN: Ein Loch! Ein Loch! Ich glaube, wir haben die Außenwelt erreicht! Ich sehe Zivilisation!

FRIEDRICHSBERG: Nun ja, also Schwarzwald, ne.

DAHL: Und jetzt?

FRIEDRICHSBERG: Jetzt müssen wir ein bisschen dagegentreten und Ecken aus dem Eis schlagen. Zugleich!

ERZÄHLER: Also legten sich die drei auf den Rücken und traten immer wieder gegen die Iglueiswand.

Das Eis birst und bricht.

STRAATEN: Gleich haben wir es!

FRIEDRICHSBERG: Ja, das muss klappen und dann nichts wie raus hier und zurück zum Hotel.

ERZÄHLER: Inzwischen beruhigte sich das Chaos in den »Drei Raben« so langsam, die geflohenen Gäste kehrten vorsichtig wieder zurück. An der Rezeption herrschte ein großes Tohuwabohu. Viele wollten umgehend abreisen, aber einige waren auch über das unerwartete Abenteuer begeistert – diese eigentümliche Verzückung erhielt allerdings einen jähen Dämpfer, als man die beiden Leichen in der Bar entdeckte.

BÜHLER: Das ist doch ein Skandal. Wer will mir denn so böse mitspielen?

SUEY: Kann ich sprechen Sie kurz, Herr Bühler?

BÜHLER: Frau Suey, aber bitte gerne doch. Möchten Sie ein paar Röstischeiben für's Zimmer? Reisschnaps aufs Haus? Was kann ich für Sie tun?

SUEY: Können uns jetzt Beteiligung an Hotel für Bruchteil von Anteil überlassen.

BÜHLER: Exgusez?

SUEY: Ruf von Haus hat großen Schaden genommen. Wegen großes, weißes Tier in Pelz.

BÜHLER: Ja, aber … da kann ich doch nichts für!

SUEY: Ja, ja.

BÜHLER: Ich muss erst mit meinen bayrischen Investoren, Herrn Schlotz und Frau von Bonstetten, sprechen.

SUEY: Abgereist. Zu anstrengend alles.

BÜHLER: Ich erwarte auch noch zwei neue Investoren. Frühestens morgen Mittag können wir alles Weitere besprechen.

SUEY: Danke sehr, vielmals. Wünsche Nacht, geruhsam … *lacht.* Kriegen Ihre Schuppen für Schale Reis!

BÜHLER: Exgusez?

SUEY: Oder wie Deutsche sagen: für Appel-Ei.

ERZÄHLER: Die Asiatin trollte sich und ließ einen am Boden zerstörten Hoteldirektor zurück. Das alles wurde aus einem der durchgesessenen Sesselséparées in der Eingangshalle vom Vorsitzenden des Bad Herrenschwunder Heimatvereins belauscht, der jetzt auf seinem Mobiltelefon eine Rufnummer wählte.

SÄUMIG: Ich bin's, Otto Säumig. Wir müssen handeln! Und zwar bald! Achim und Horst sind tot, ermordet von den Asiaten. Die Gäste türmen – so weit, so gut! Aber die Investoren wollen trotzdem weiter kaufen. Und morgen sollen noch neue kommen! … Ja, es wird eng. Wir müssen was tun! … Wie? … Na, keine Sorge, ich habe schon eine Idee.

16. Türchen

»Es wird scho glei dumpa«

ERZÄHLER: Bis auf die Knochen durchgefroren, stapften unsere drei Helden Friedrichsberg, Straaten und Dahl durch den knietiefen Schnee zum Hotel zurück.

STRAATEN: Du hast uns zwar aus dem Iglu gerettet, führst uns jetzt aber in den sicheren Erschöpfungstod.

FRIEDRICHSBERG: Quatsch, die Gegend kommt mir bekannt vor, vor uns weiß, hinter uns weiß, links weiß, rechts weiß, dazwischen Bäume, es kann nicht mehr weit sein!

DAHL: Hier ist alles so weiß, wie schon in den Stunden zuvor!

FRIEDRICHSBERG: Ja, aber es ist ein anderes Weiß … mehr so ein Es-ist-nicht-mehr-weit-Weiß.

STRAATEN: Oh, Friedrichsberg, gib doch einfach zu, dass wir uns verirrt haben!

FRIEDRICHSBERG: Selbst wenn es so wäre, was hätten wir dann davon?

STRAATEN: Dann könnte ich mich einfach hier in den Schnee setzen und ruhig erfrieren und müsste mir vorher nicht noch die Lunge aus dem Hals keuchen.

Friedrichsbergs Handy klingelt.

FRIEDRICHSBERG: Bingo, da isser, der deus ex machina!

STRAATEN: Wer?

FRIEDRICHSBERG: Es gibt wieder Handyempfang. Wir haben also bewohntes Gebiet erreicht … das Hotel, es kann nicht mehr weit sein.

DAHL: Willst du nicht mal an den Apparat gehen? Vielleicht ist es ja was Dringendes!

FRIEDRICHSBERG: Ich bin im Urlaub, da will ich nicht gestört werden.

STRAATEN: Friedrichsberg, geh endlich ran und sag, dass wir hier in Schneewüsteneien irrlaufen. Sie sollen die Bergrettung schicken, Schneeraupen, Spürhunde oder einen Catering-Wagen vom albanischen Thai-Griechen an der Ecke, der macht ein tolles Boeuf Bourguignon.

DAHL: Und 'nen warmen Tee!

FRIEDRICHSBERG *kramt nach seinem Handy*: Hach, ja Gott, ich mach ja schon … *nimmt ab, meldet sich*: Mit eigener Stimme …

KOMMISSARIN BLUM *via Telefon*: Blum von der Kriminalpolizei. Friedrichsberg?

FRIEDRICHSBERG: Ja, was denn?

KOMMISSARIN BLUM: Bei uns steht das Telefon nicht still. Alle möglichen Leute wollen den Yeti gesehen haben. Oder eine andere Art Schneemensch. Andere meinen, es sei ein riesengroßer Wolpertinger. Oder Reinhold Messner. Manche haben den Krampus erkannt. Auch von Knecht Ruprecht oder dem Heiligen Nikolaus war schon die Rede.

FRIEDRICHSBERG: Die spinnen doch allesamt.

KOMMISSARIN BLUM: Und alle im Hotel, im Hotelpark und im Wald. Die vorweihnachtliche Stimmung könnte kippen. Das Fest ist gefährdet! Wir müssen etwas unternehmen.

FRIEDRICHSBERG: Und das wäre?

KOMMISSARIN BLUM: Wir werden vor dem Hotel Posten beziehen. Die Schweizer Polizeikollegen verkleiden sich als Tannenbäume und beobachten alles.

FRIEDRICHSBERG: Sozusagen Spionagetannenbäume von der Austauschpolizei?

KOMMISSARIN BLUM: Machen die in der Schweiz schon seit vielen Jahren. Weiß nur keiner. Hat sich noch nicht rumgesprochen. Dauert auch zu lang. Das Herumsprechen. Gerade in der Schweiz.

FRIEDRICHSBERG: Wie lange spricht es sich denn schon rum?

KOMMISSARIN BLUM: Seit zweiundvierzig Jahren.

FRIEDRICHSBERG: Da wird das Sprechen aber noch was brauchen, bis es rum ist.

KOMMISSARIN BLUM: Meine Leute stehen ab sofort zur Sicherheit ums Hotel herum. Die Störenfriede können sich warm anziehen. Ansonsten: Fürchtet euch nicht.

FRIEDRICHSBERG: Ihr Wort in … na, Dings.

STRAATEN: Sag ihr doch endlich, dass wir Hilfe brauchen!

FRIEDRICHSBERG: Äh, Frau Kommissarin, wenn Sie … äh … *deckt die Sprechkapsel ab* Kommt Männer, dass schaffen wir doch alleine, wir sind das Fähnlein Fieselschweif 2.0, ich werd doch jetzt nicht um Hilfe …

STRAATEN: Gib den Apparat her. He …

FRIEDRICHSBERG: Nein …

Es entsteht ein kleines Gerangel.

STRAATEN *brüllt Richtung Handy*: Schicken Sie Rettung! Wir haben uns verlaufen und stehen kurz vor dem Erfrieren!

FRIEDRICHSBERG: Wie unwürdig.

KOMMISSARIN BLUM *aus dem Telefon*: Kein Problem, wir haben Ihr Handy geortet. Ein Fahrzeug ist unterwegs zu Ihnen.

STRAATEN: Aber nicht die Schweizer! Bis die hier sind, sind wir erfroren und schon wieder aufgetaut! Hallo? Hallo?!

Aber es ist nur noch das Tuten in der Leitung zu hören.

ERZÄHLER: Ob unsere drei Freunde jetzt noch rechtzeitig gerettet werden, schieben wir mal einen Moment beiseite, interessiert uns doch gerade mehr ein Monolog von Hoteldirektor Reto Bühler. Der sitzt nämlich alleine in seinem Büro und genehmigt sich einen Kurzen nach dem andern aus seiner Schreibtischbar – ja, so was ist schon fast ausgestorben, aber wenn man mal leise hinguckt, gibt es das noch.

BÜHLER *für sich*: Mein wunderbarer Plan vereitelt durch dieses blöde Monster! Überall berichten sie vom Yeti … Ich bin ruiniert. Dabei begann es doch gerade wieder zu laufen. Und nun? Die

Bayern sind schon abgesprungen, die Chinesen wollen jetzt nicht mal einen Bruchteil zahlen … Damit kann ich die Schulden von der Übernahme nicht tilgen … *weint.*

Draußen lachen die Chinesen.

BÜHLER *für sich*: Was ist denn da hinter dem Hotel los? Ohgottohgott! Der Yeti, da ist er schon wieder! *erschreckt* Er dreht sich um. Er winkt. Aber … aber er winkt nicht mir zu … Er winkt jemand anderem vor dem Hotel zu. Das gibt's doch nicht, eine Frau läuft auf ihn zu … und schmiegt sich in seinen Arm. Das ist doch Frau Chop! Was machen die denn da? Ich muss näher ans Fenster und runterschauen. Da ist ja auch Frau Suey und die hält mit ihrem Fotoapparat auf Frau Chop und den Yeti. Na, warte! Das hieße ja … die Chinesen stecken hinter alldem! Ha! Jetzt wird mir einiges klar! Na, wartet … *macht das Fenster auf.*
BÜHLER *ruft nach unten*: Hallo, Herr Yeti?!
FU *mit Yeti-Stimme*: Was?
BÜHLER *ruft nach unten*: Oder soll ich besser sagen: Herr Fu?
FU *mit Yeti-Stimme*: Handelt sich um Missverständnis.
BÜHLER *ruft nach unten*: Ja, das sehe ich genauso.

ERZÄHLER: Und mit diesen Worten greift Reto Bühler sich eine der beiden Donnerbüchsen, die in seinem Büro dekorativ über Kreuz an der Wand hängen.

FU *mit Yeti-Stimme*: Nicht schießen, kann man reden über alles!
BÜHLER *ruft nach unten*: Dafür ist jetzt zu spät!

ERZÄHLER: Damit drückt Hoteldirektor Bühler ab, ein Schuss donnert durchs Tal und der Yeti sackt tot zu Boden.

BÜHLER *ruft nach unten*: Und Sie, meine Damen, beeilen sich jetzt besser, von hier zu verschwinden! Ich werde jetzt die Polizei alarmieren und dann werden Sie alle dran sein! *lacht irre.*

Vor dem Hotel.

STRAATEN: Habt ihr das auch gehört?
FRIEDRICHSBERG: Was?
STRAATEN: Das war ein Schuss!
FRIEDRICHSBERG: Das sollten ein paar ruhige Tage werden. Da merke ich nix von.

ERZÄHLER: Gerade sind also auch unsere drei Schneewanderer von ihrem Ausflug zurückgekehrt. Kommissarin Blum hatte ihnen tatsächlich rechtzeitig die Bergrettung geschickt.

STRAATEN: Was ist jetzt? Sollen wir mal hinter dem Hotel nachschauen? Da kam der Schuss her.
FRIEDRICHSBERG: Wenn da was liegt, liegt das auch morgen früh noch da. Ich bin hundemüde.
DAHL: Na, dann zurück aufs Zimmer.

17. Türchen

»Der Christbaum ist der schönste Baum«

ERZÄHLER: Hätte sich Friedrichsberg noch die Mühe gemacht nachzuschauen, hätte er gesehen, wovon jetzt nur die beiden Amerikaner Zeugen wurden. Doug Wayne war gerade ans Fenster getreten, um entspannt eine Zigarette in die Kälte hinaus zu rauchen, als er etwas Unheimliches beobachtete.

WAYNE: Well, Honey, come on an the Fenster here.
FRANCES: Oh, no, Darling, I liege in the Bett, I don't want to come an die fucking Fenster.
WAYNE: Come on, you don't glaubst das.

ERZÄHLER: Zugegeben, unsere beiden amerikanischen Freunde klingen wie eine schlechte Parodie. Aber sind Amerikaner heute nicht ohnedies schlechte Parodien ihrer selbst?!

WAYNE: Look hier, look hier. Come on schon. I see den Yeti. And he trägt one von die Schlitzaugen.
FRANCES: You don't say Schlitzaugen! It's rassistisch!
WAYNE: Okay, and jetzt he zieht den Chinamann on the Fuß through the Schnee.
FRANCES: Chinamann is rassistisch, too.
WAYNE: No, it is nur one Chinamann.
FRANCES: Darling!
WAYNE: Der Yeti has Charlie an Fuß.
FRANCES: Charlie is rassistisch.
WAYNE: Gook.
FRANCES: Nope.
WAYNE: Yellowman.
FRANCES: Nope.

WAYNE: Fuck! We sind Amerikaner, we are Rassisten!

FRANCES: But: It muss no one gleich hören!

WAYNE: Damn!

FRANCES: What is?

WAYNE: Die Yeti wirft the … *wird gepiept* … the Abhang behind the Hotel down.

FRANCES: Oh.

WAYNE: That means more Röstis tomorrow morning früh für uns. *Beide lachen.*

ERZÄHLER: Nachdem Hoteldirektor Bühler Herrn Fu aus dem Yeti-Kostüm geschält hatte und selbst in die Verkleidung geschlüpft war, hatte er den Toten unter Aufbringung seiner letzten Kräfte bis zu dem Abhang hinter dem Hotel gezogen und hineingestoßen. Jetzt, auf dem Rückweg, kamen ihm aber doch Bedenken.

BÜHLER *für sich, unter dem Yetikopf.* Die einzigen, die ein ernsthaftes Kaufinteresse gezeigt haben, habe ich erschossen oder vertrieben.

ERZÄHLER: Erschüttert zog er den Yeti-Kopf aus und guckte der leblosen Tiermaske tief in die roten Glasaugen.

BÜHLER *für sich:* Was hat mich nur geritten?! Mit der Waffe im Anschlag hätte ich bestimmt einen besseren Preis erzielt. Ich hätte nur nicht abdrücken dürfen. Ich bin eine Schande für die Schweiz! Man hat mich ausgeschickt, den Schwarzwald zu erobern und ich komme unverrichteter Dinge zurück! Ich habe es nicht anders verdient, als unterzugehen.

KREYNER *ruft vom Hotel her.* Herr Bühler!

BÜHLER: Was?

KREYNER: Ich habe eine gute Nachricht.

BÜHLER: Sagen Sie bitte, Kreyner.

KREYNER: Das Telefon steht nicht mehr still.

BÜHLER: Wieder Leute vom Preisausschreiben?

KREYNER: Nein.

BÜHLER: Keiner will mehr kommen?

KREYNER: Im Gegenteil! Alle wollen den Schwarzwald-Yeti bei uns erleben!

BÜHLER: Das gibt es doch nicht.

KREYNER: Und drinnen an der Rezeption stehen noch ungefähr zwanzig Menschen, die unbedingt ein Zimmer haben wollen. Sogar Leute aus Tralien. Die müssen wir wohl oder übel wieder wegschicken!

BÜHLER: Kreyner! Ja, sind Sie des Wahnsinns?! Die bringen wir alle unter!

KREYNER: Alle unterbringen? Wir haben keine Zimmer mehr!

BÜHLER: Aber das ist unsere Chance, Kreyner! Wir schlagen Zelte im Hof auf.

KREYNER: Bei den Temperaturen?

BÜHLER: Das ist Abenteuerurlaub. Adventuresleeping mit Freshair-snapping und Yeti.

KREYNER: Oder Frostbeule und Kältetod.

BÜHLER: Wer den Yeti sehen will, der muss schon mal etwas riskieren, oder?

KREYNER: Übrigens, Herr Direktor, steht Ihnen sehr gut, der Pelz.

BÜHLER: Also … ich … äh … ich habe das Kostüm nur gefunden.

KREYNER: Vielleicht müssen Sie heute mit dem noch mal los.

BÜHLER: Es ist nicht wie Sie denken, Kreyner!

KREYNER: Ich denke nichts, habe ich mir schon lange abgewöhnt!

BÜHLER: Aber Sie haben recht, wenn es schon mal da ist, dann wäre es ein Verbrechen, den Leuten vorzuenthalten, wonach sie so sehnsüchtig verlangen!

KREYNER: Sicher keine schlechte Idee, heute Abend noch mal so über den Hof zu huschen.

BÜHLER: Oder durchs Foyer.

KREYNER: Oder durch das Verandafenster eine Fratze ins Restaurant zu schneiden.

Beide lachen.

ERZÄHLER: Und so geschah es dann auch in den nächsten Tagen. Zwar ereigneten sich keine Todesfälle mehr, aber immer wieder mal schlüpfte Hoteldirektor Reto Bühler ins Yeti-Kostüm und erschreckte den ein oder anderen Hotelgast. Auch meldeten sich weitere Interessenten, die in das Hotel investieren wollten. Ein Hotel, in dem ein Monster ein- und ausgeht – wo hat man das schon?

18. Türchen

»Fröhlich soll mein Scherze springen«

ERZÄHLER: Einzig unseren drei Freunden Friedrichsberg, Straaten und Dahl wurde es langsam fad.

ALLE: Uns wird es langsam fad.

MUMMINGER: Sagen Sie das doch gleich, ich könnte Ihnen etwas aus meiner letzten großen Revue vorspielen.

ALLE: So langweilig ist uns nun auch wieder nicht. Kann man nicht sagen, nee, nee.

WOFFNER: Also irgendwie finde ich es aufregend hier. Mit dem Yeti. Und so ganz ohne Mann.

REINHARDS: Wenn das so ist, Schätzelein, ich bin recht flink im Tanzbeinschwingen. Vorher ein Schlückchen vom Eierpunsch und wir gehen zusammen ab wie Schmidts Katze.

WOFFNER: So könnte ich es hier noch bis Silvester aushalten.

MUMMINGER: Da mache ich meinen großen Silvesterabend. Ich spring für euch alle aus der Torte. Und es gibt Feuerwerk.

FRIEDRICHSBERG: Es wird ja immer schlimmer.

ERZÄHLER: Außerdem hatten sie nach knapp drei Wochen Rösti Lust auf …

STRAATEN: Kuschelmusch …

FRIEDRICHSBERG: Graute Bohnen …

STRAATEN: Bergmannsspargel …

FRIEDRICHSBERG: Ärpelschlaat …

DAHL: Schlodderkappes …

FRIEDRICHSBERG: Kälberzähne …

STRAATEN: Blauer Heinrich …

DAHL: Pfefferpotthast …

FRIEDRICHSBERG: Himmel un Ääd …

DAHL: Pillewörmer …

STRAATEN: Suurmoos …

FRIEDRICHSBERG: Panhas …

DAHL: Töttche …

STRAATEN: Struuven …

ERZÄHLER: Wenn Sie jetzt nur Chinesisch verstanden haben: Die drei Herren träumten gerade von heimischer Kost – denn Heimat geht bekanntlich durch den Magen.

FRIEDRICHSBERG: So, ich mache jetzt mal einen Strich unter die Geschichte und löse den Fall!

STRAATEN: Wie willst du das denn machen? Hier passt doch nichts zusammen!

FRIEDRICHSBERG: Oh, doch!

DAHL: Da sind wir aber gespannt!

FRIEDRICHSBERG: Passt auf: In Bad Herrenschwund läuft es schon länger nicht mehr so mit dem Tourismus. Da kommt Hoteldirektor Bühler auf die glorreiche Idee, seinen darbenden Betrieb mit ein paar eingeladenen Gästen aufzuhübschen.

DAHL: Der Preisausschreibentrick.

STRAATEN: Aber da verdient er doch nichts dran!

FRIEDRICHSBERG: Richtig. Jedoch nach außen sieht es so aus, als würde der Betrieb kräftig florieren und so hofft er, ein paar Investoren anzulocken.

DAHL: Ah! Die Chinesen zum Beispiel.

FRIEDRICHSBERG: Genau. Aber der scheinbar florierende Betrieb ruft auch Neider auf den Plan.

STRAATEN: Den Hoteldirektor von gegenüber.

FRIEDRICHSBERG: Genau. Der kommt auf die Idee, als Yeti im Hotel rumzuspuken und Gäste zu erschrecken. So will er Bühler in die Suppe spucken.

DAHL: Deshalb hat Bühler ihn in der Sauna umgebracht!

FRIEDRICHSBERG: Nein, Dahl, die Chinesen haben den Yeti-Darsteller in die Sauna gesperrt. Der stirbt im Fell den Hitzetod und die Chinesen bringen das Kostüm an sich.

STRAATEN: Geschickt gemacht! In dem Chaos, als alle in den Bademänteln in der Eingangshalle standen, ist einer von denen in den Yeti geschlüpft, hat sich einen großen Bademantel mit Kapuze übergezogen und ist so mit dem Kostüm davongezogen.

DAHL: Ja, aber was haben die Chinesen von dem Yeti?

FRIEDRICHSBERG: Mit dem Kostüm wollen sie ihre Konkurrenten erschrecken und im besten Falle verschrecken.

STRAATEN: Was ihnen bei den Bayern auch gelungen ist.

FRIEDRICHSBERG: Leider gerät der chinesische Yeti-Darsteller nun zufällig einem Jäger vor die Flinte. Den packt bei näherer Betrachtung seiner Beute die Furcht, ein artgeschütztes Tier erlegt zu haben. Deshalb vergräbt er den Kadaver.

STRAATEN: Moment, wir haben doch beobachtet, wie ein Waidmann das chinesisch gefüllte Yeti-Fell wieder ausgegraben hat.

FRIEDRICHSBERG: Ach, das sind Details. Jedenfalls mischen hier auch Einheimische mit. Was können die in dem Zusammenhang wollen? Profitieren die von dem Boom der »Drei Raben«?

STRAATEN: Eher nicht. Die Hotelmannschaft besteht wohl eher aus Schweizern und anderen Zugereisten.

FRIEDRICHSBERG: Dann haben wir auch ihr Motiv: Sie wollen einfach ihre Ruhe zurück. Ein Graus für die Einheimischen, wenn der Touristentrubel erst mal dauerhaft stattfindet – deshalb: Wehret den Anfängen!

DAHL: Und die bringt dann der Bühler um.

FRIEDRICHSBERG: Wieder falsch, Dahl! Die beiden in der Bar wurden ohne äußerlich sichtbare Spuren erledigt. Sieht mir ganz nach der jahrtausendealten tödlichen Kunst des roten Drachen aus.

STRAATEN: Rache für den toten Landsmann?

FRIEDRICHSBERG: Genau. Und jetzt scheint sich ja Bühler selbst den Pelz geschnappt zu haben. Jedenfalls ist es zuletzt ein bisschen weniger tödlich, wenn der Yeti auftaucht.

DAHL: Eine regelrechte Touristenattraktion!

FRIEDRICHSBERG: Wenn sich der Schweizer Yeti jetzt noch Apfel und

Armbrust schnappt, ist das Bild perfekt.

Plötzlich ist wieder das Klopfen und Singen aus der Heizung zu hören.

DAHL: Ja, aber wie passt der Italiener, der uns in das Iglu gesperrt hat, in das Puzzle?

STRAATEN: Ah, da ist er ja: der italienische Geist in der Heizung.

FRIEDRICHSBERG: Dem werden wir jetzt auf den Grund gehen.

STRAATEN: Wie willst du das machen? Nachdem er uns in das Iglu gesperrt hat, war er nur ein Phantom – wir haben ihn nie im Hotel oder sonst wo gesehen.

FRIEDRICHSBERG: Aber gehört! Gerade schon wieder. Und wo?

DAHL: Aus der Heizung?

FRIEDRICHSBERG: Genau! Und wo führt uns das hin?

STRAATEN: In den Heizungskeller.

FRIEDRICHSBERG: Exakt! Dann statten wir Herrn Rossi doch mal einen Besuch ab. Und fragen ihn, bei was wir ihn genau gestört haben.

19. Türchen

»Frö-höliche Weihnacht überall!«

Signore Rossi singt Zitate aus italienischen Opern und gräbt dabei den Keller um.

ROSSI: Ah, hiere irgendewo-e musse icke ihne docke findene. Habe icke balde de ganze Kellere umegegrabene.

ERZÄHLER: Unseren drei Detektiven bot sich in den unterirdischen Katakomben des Hotels ein interessantes Spektakel: Signore Rossi grub inbrünstig schwitzend den Keller um und schmetterte zwischendurch italienische Opernarien.

FRIEDRICHSBERG: Signore Rossi, diesmal sitzen Sie in der Falle. Wie schön, in einer Grube, die Sie sich selbst gegraben haben.

ROSSI: Untereskätze Sie-e micke nickte. Habe icke die-e Hacke unne kanne damitte umegehe!

FRIEDRICHSBERG: Gut, dass Sie die Hacke ansprechen. Die legen Sie jetzt mal hübsch zur Seite, denn ich habe hier Ihre nette kleine Pistole. Sie waren ja so freundlich, Ihre schicke Garderobe und Ihre Wertsachen vorher ordentlich im Umkleideraum nebenan abzulegen.

ROSSI: Va caca, faccia di merda! Lasse Sie-e micke augeneblickelicke gehe, danne wirde Ihne nixe gesehene.

FRIEDRICHSBERG: Sie gehen nirgendwo hin. Es sei denn, zur Polizei.

ROSSI: Hintere mirre stehe mächtige Männere.

FRIEDRICHSBERG: Haha! Von denen können Sie uns jetzt gerne was vorsingen!

ROSSI: Wasse solle icke singe? Arie ausse Opere? Kanne viele Opere … *singt.*

STRAATEN: Sie sollen uns was über Ihre Hintermänner erzählen!

ROSSI: Dasse kanne icke nickte.

FRIEDRICHSBERG: Schon klar. Die Polizei wird sich sehr für den Toten im Zug interessieren und was Sie mit ihm zu tun hatten.

ROSSI: No, isse anders alse Sie-e denke.

ERZÄHLER: Alfons Friedrichsberg kramte eine Zigarre aus der Innentasche seines Jacketts hervor, riss ein Streichholz an und paffte genüsslich.

FRIEDRICHSBERG: Dann erzählen Sie uns mal, was wir denken sollen.

ERZÄHLER: Die drei setzten sich auf ein paar Kisten, die dort im Keller rumstanden, und umzingelten so den kleinen Italiener in seiner Grube.

ROSSI: Sie-e müsse verstehe. Icke binne nickte nure Italiano. Icke binne romani de Roma unne hintere ein große Sacke her.

FRIEDRICHSBERG: Was für'n Sack?

STRAATEN: Sack von Sache.

FRIEDRICHSBERG: Ah.

ROSSI: Binne icke vonne 'öckste Stelle … *bekreuzigt sich* … gesickte, wenne verstehe, wasse icke meine.

FRIEDRICHSBERG: Ein Römer. Von höchster Stelle geschickt? Also von der höchsten in Rom?

DAHL: Oh. Mafia?!

FRIEDRICHSBERG: So ähnlich.

ROSSI: Habbene wirre davonne erfahre, dasse sicke inne Katakombene vonne diese Hause ettewasse befinde solle, nacke demme wirre sonne viele hundere Jarre suke. Esse gehörte inne unsere Besitze.

DAHL: Stimmt. Der Keller hier unten sieht verdammt alt aus.

ROSSI: Katakombe sinde nocke ausse römmisse Zeite.

FRIEDRICHSBERG: Ja, da sollten Sie sich auskennen.

ROSSI: Wisse Sie-e, Carolus Magnus …

DAHL: Wer?

FRIEDRICHSBERG: Karl der Große!

STRAATEN: Wo kommt der denn plötzlich her?

FRIEDRICHSBERG: Das weiß man bei dem nicht. Liegen tut er jedenfalls in Aachen.

ROSSI: Carolus Magnus hatte unse ettewasse gestohle, dasse wirre hiere vermute.

FRIEDRICHSBERG: Ich kann nicht ganz folgen.

ROSSI: Erre hatte immere schonne gute Verhältnisse nache unne inne Italia. Hatte sich-e auche ofte getroffe mitte eine hohe, wichtige Manne vonne unse. Sinde beide alte Freunde gewese. Unne beide gerne gespielte mitte Karte. Umme Münze odere Ländereie oder so-e. Nurre einemale hatte ere wasse gewonne, wasse unse gehörte unne wasse erre nickte hätte gewinne solle. Unsere Manne wollte unebedingte habbe surucke. Nixe zu macke. Hatte unsere hohe, wichtige Manne Carolus sogarre gekrönte zu Kaisere, um suruck su bekomm-e, wasse erre dummereweise abbegeluchsete hatte. Abbere nixe. Gabbe Carolus nickte suruck dere Gewinne.

FRIEDRICHSBERG: Und deshalb durchwühlen Sie hier den Keller?

ROSSI: Si. Isse Carolus auffe Wegge nacke Aaken durche Swarsewalde gekomme unne solle hierre versteckte habbe.

FRIEDRICHSBERG: Abenteuerliche Geschichte. Und darum die nächtliche Buddelei?!

ROSSI: Si. Abbere auke tageseübbere.

FRIEDRICHSBERG: Nur nachts hört man's mehr. Und deshalb sind Sie für einen Geist gehalten worden, der hier rumspukt.

ROSSI: Auftrage isse, dasse Relikte su finde, koste esse, wasse wolle. Unne alle Konkurrente unne Kontrahente aussezuzuessaltene.

DAHL: Also auch den Weihnachtsmann im Zug?

ROSSI: Si, dasse warre Spezialeagente auffe gleiche Missione. Abere vonne andere Konfession.

DAHL: Ach so.

ROSSI: Icke musste aussessalte.

FRIEDRICHSBERG: Sie sind also ein Killer, der im Auftrag eines kleinen seltsamen Zwergstaats …

ROSSI: Psssst! Da redde wirre nickte drübberre.

STRAATEN: Sagen Sie, stecken Sie auch hinter den fünf vermissten Pärchen, die hier aus dem Hotel verschwunden sind?

ROSSI: No, dasse icke ware nickte!

DAHL: Und das sollen wir Ihnen glauben?

FRIEDRICHSBERG: Ich befürchte, das stimmt. Das Verschwinden der Pärchen hat vor unserer Ankunft begonnen und Signore Rossi ist ja erst mit uns hier angekommen.

ROSSI: Wisse Sie, die Manne die-e sicke gesßnappte hatte die Yeti-Felle, alse icke Sie sperre musste inne die-e Iglu, isse vonne die-e Bad Herrenßwunde Heimatte- unne Gesangessevereine. Komiße Vereine, sinde ständig auck inne unne umme Hotelle unne-rewegse …

STRAATEN: Gut. Aber zurück zum Thema: Was soll das für ein Relikt sein, das Sie hier so verzweifelt suchen?

ROSSI: Eine Rezepte.

DAHL: Ein Rezept?

ROSSI: Si, heilige Rezepte. Sie verstehe, dasse nickte darfe gerate inne falße Hande. Icke hiere habbe ßonne allesse auffe Koppe gestellte, abere nixe!

FRIEDRICHSBERG: Hm, ein Rezept also …

ROSSI: Si si, si si.

FRIEDRICHSBERG: Haben Sie schon mal in der Küche nachgesehen?

ROSSI: Cucina? No.

FRIEDRICHSBERG: Da liegen zumindest die meisten Kochbücher. Wo versteckt man Stroh? Im Heuhaufen. Und wo ein Rezept? Im Kochbuch.

ROSSI: Si, va bene, danne lasse Sie uns losgehe.

FRIEDRICHSBERG: Nö, das machen wir alleine. Sie bleiben hier.

ROSSI: Was?

FRIEDRICHSBERG: Die Polizei wird sich bei Gelegenheit um Sie kümmern. Falls nicht irgendein Monsignore Sie hier rausholt oder für immer zum Schweigen bringt.

ROSSI: Dasse könne Sie-e nickte macke!

FRIEDRICHSBERG: Und ob!

ROSSI: Sie … Sie …
FRIEDRICHSBERG: Unmensch. Immer wieder gerne.

ERZÄHLER: Damit verließen unsere drei Detektive die unterirdischen Gelasse, nicht ohne den Keller sorgfältig abzuschließen und den Schlüssel mitzunehmen. Kleine Randbemerkung: Signore Rossi wurde von der Polizei tatsächlich später aus dem verschlossenen Keller geholt. Allerdings tot. Die Obduktion ergab »Herzversagen«. Dabei wirkte er gar nicht so hinfällig, als Friedrichsberg, Straaten und Dahl ihn verlassen hatten. Dafür wehte, als man die Leiche fand, ein zarter Weihrauchduft durch die Katakomben.

20. Türchen

DAHL: Also, ich blicke da nicht mehr durch.

FRIEDRICHSBERG: Wär ja 'n Wunder.

STRAATEN: Hast du das nicht schon mal gesagt?!

DAHL: Ach, bestimmt. Und wo sind jetzt die verschwundenen Hotelgäste? Und was hat der Heimatverein damit zu tun?

FRIEDRICHSBERG: Genau das werden wir jetzt herausfinden.

DAHL: Ach so.

FRIEDRICHSBERG: Und dafür machen wir mal einen kurzen Ausflug ins Innere von Bad Herrenschwund.

ERZÄHLER: Friedrichsberg, Straaten und Dahl trotteten also in das beschauliche Städtchen, vorbei an einer pittoresken Barockkirche, hin zum zentralen Marktplatz.

FRIEDRICHSBERG *singt*: Süßer die Toten nie klingen …

ALLE: … als in der Weihnachtszeit. Holder die Engelein singen ...

STRAATEN: Nicht viel los in Bad Herrenschwund.

ERZÄHLER: Rund um den verwinkelten Marktplatz duckten sich ein paar Geschäfte in kleinen Fachwerkhäuslein, darunter die Apotheke »Nonnenstift«, der Metzger »Sauebluet« und der Bestatter »Ruhe sanft«. Einzig vor dem Bestatter herrschte ein bisschen Trubel. Ein großer Schlitten war gerade mit einem massiven Quader beladen worden, und nun verschwanden die Träger wieder im Bestattungsinstitut.

FRIEDRICHSBERG: Irgendwie etwas unförmig für einen Sarg. Das schauen wir uns doch mal näher an!

ERZÄHLER: Also pirschten die drei zu dem Schlitten, und Straaten lupfte die schwere, samtene, schwarze Decke an einer Ecke ein bisschen.

STRAATEN: Nur ein Eisblock.

FRIEDRICHSBERG: Was heißt: nur ein Eisblock? Wenn es nur ein Eisblock ist, warum bedeckt man ihn mit goldbetroddeltem Sammet, wie man es sonst nur bei Särgen tut?

DAHL: Zieh das Deckchen doch mal ein Stückchen weiter hoch.

ALLE DREI *erschrecken*: Ahhhhh!

ERZÄHLER: Aus weit aufgerissenen Augen starrte sie ein Toter aus dem glasklaren Eis an.

FRIEDRICHSBERG: Schockschwerenot, hier sind wir also richtig!

STRAATEN: Und jetzt?

FRIEDRICHSBERG: Na, da schlagen wir drinnen doch mal auf.

DAHL: Durch die Ladentür?

FRIEDRICHSBERG: Siehst du einen Hintereingang?

DAHL: Hier vorne nicht.

STRAATEN: Und wenn die uns da drinnen erwarten?

FRIEDRICHSBERG: Dann sagen wir, dass wir uns mal unverbindlich umschauen wollen, probeliegen, bei uns dauert es ja auch nicht mehr so lange.

ERZÄHLER: Also betraten sie vorsichtig das Ladengeschäft von »Ruhe sanft«.

STRAATEN: Leer.

ERZÄHLER: Doch vernahmen Sie hinter einer großen, geschnitzten Eichentüre leise, gedämpfte Stimmen.

FRIEDRICHSBERG: Schaut mal, diese Türe: feinste, ziselierte Handarbeit … ein lustiger, kleiner Totenreigen aus Skeletten. Was steht da?

DAHL: »Lasset, die ihr eintretet, alle Hoffnung fahren!«

FRIEDRICHSBERG: Klingt wie 'ne Einladung.

ERZÄHLER: Vorsichtig drückte Friedrichsberg die Klinke von der Tür runter, und leise quietschend öffnete sie sich. In der Tiefe des Raumes sahen sie eine merkwürdige Versammlung hitzig diskutieren. Um nicht entdeckt zu werden, duckten sie sich hinter zwei Särge.

APOTHEKERIN: Heute müssen wir zuschlagen, sonst ist es zu spät!

SCHMACHTERLE: Wenn es nicht ohnehin längst zu spät ist!

APOTHEKERIN: Längst! Längst!

SÄUMIG: Wir haben einen Plan und daran halten wir fest!

TÖDERLE: Wir bringen den letzten Block in die Höhle und dann schlagen wir zu!

ERZÄHLER: Sämtliche Honoratioren des Städtchens waren versammelt und steckten in schrecklichen Kostümen. Die dazu passenden Kopfmasken, sämtlich monsterartig – mit gefletschten Zähnen, Hörnern, wild blitzenden Augen –, ruhten noch vor ihnen auf der großen Tafel, um die sich der Bad Herrenschwunder Traditionsverein versammelt hatte.

STRAATEN: Karneval in der Adventszeit?

FRIEDRICHSBERG: Hier scheint nicht nur der Kirchenkalender durcheinandergeraten zu sein.

DAHL: Aber was haben die vor?

SÄUMIG: So, Leute, Schneekanonen bereit?!

APOTHEKERIN: Bereit!

SÄUMIG: Schneebälle präpariert?

SCHMACHTERLE: Alle mit Steinen gefüllt!

SÄUMIG: Was haben wir noch in unserem Arsenal?

TÖDERLE: Dreschflegel, Prügel und Mistgabeln!

SCHMACHTERLE: Wir haben auch den alten Handpumpenwagen von der Feuerwehr aus dem Historischen Museum fertig gemacht!

SÄUMIG: Was wollen wir denn mit dem?

SCHMACHTERLE: Am Schluss besprenkeln wir sie alle mit Wasser und verpassen ihnen so eine hübsche Eisglasur!

SÄUMIG: Großartig! Dann wollen wir denen drüben im Hotel gleich mal kräftig einheizen.

APOTHEKERIN: Einheizen? Doch eher schockfrosten!

FRIEDRICHSBERG: Schnell, Männer, wir müssen zurück zum Hotel und die Gäste warnen!

ERZÄHLER: Unbemerkt konnten sich unsere drei Freunde wieder aus dem Saal zurückziehen, und jetzt hasteten sie durch den Schnee zurück zu den »Drei Raben«.

STRAATEN: Was hast du vor?

FRIEDRICHSBERG: Wenn wir ihnen den Überraschungsmoment nehmen, haben wir eine Chance gegen sie!

STRAATEN: Dann mal hurtig! Viel Zeit bleibt uns nicht, unsere Mannschaft zu formieren.

DAHL: Schneeballschlacht, prima, das habe ich bestimmt ... 50 Jahre nicht mehr gemacht!

21. Türchen

»O Heiland, reiß die Himmel auf«

ERZÄHLER *im Stil eines Sportreporters*: Ja, ein herzliches Grüß Gott und grüezi miteinand zu dieser noch recht frühen Stunde vom prächtig eingeschneiten Hotelvorplatz der »Drei Raben« in Bad Herrenschwund. Hier bei bestem Kaiserwetter wird sie gleich stattfinden, die heiß erwartete Schneeballschlacht, und ich verspreche nicht zu viel, wenn ich sage: Es wird hoch hergehen! Viel steht auf dem Spiel, es geht hier um nichts weniger als die Zukunft des verschlafenen Kurorts, aber wie sehr es dann tatsächlich ans Eingemachte gehen wird, das wird sich wohl erst im Verlaufe der Auseinandersetzung zeigen. Das Spielfeld, das können wir aber jetzt schon sagen, bietet heute perfekte Bedingungen: Den Hintergrund bildet der imposante, wenn auch ein bisschen in die Jahre gekommene Hotelbau, nach der einen Seite geht es dann direkt in den Hotelpark, auf der anderen in den tiefen, dunklen Schwarzwald. Von der Waldseite pirscht sich gerade der Heimat- und Gesangsverein Bad Herrenschwund an, an seiner Spitze kann ich die Frau Apothekerin ausmachen, dazu Schlachtermeister Schmachterle, Bestatter Töderle sowie den Vereinsvorsitzenden Säumig, dazu ein gutes Dutzend Männer der örtlichen Jagd- und Turnvereine. Im Hotel »Drei Raben« dagegen ist es leider noch verdächtig ruhig. Sollten sie hier von diesem frühen Überfall gar überrascht werden? Nominell als Verteidigung stehen hier eigentlich nur Hoteldirektor Bühler und sein Empfangschef Kreyner. Wir werden sehen, ob sie eventuell noch den ein oder anderen vom Personal für diese Schlacht aufbieten können, vielleicht auch leichtsinnige oder abenteuerlustige Gäste, mit Sicherheit aber die drei Herren Alfons Friedrichsberg, Jupp Straaten und Willi Dahl, die sich ja keinen Jux entgehen lassen, sofern man hier überhaupt von einem Jux sprechen kann. Ich sehe, dass sich jetzt alle Mitglieder des Heimatvereins im Unterholz in Stellung gebracht haben, die Sicht ist leider ein wenig erschwert, da es wieder kräftiger zu schneien angefangen hat. Was macht denn die Frau Apothekerin da? Sie zieht jetzt eine Plane von einem Gerät. Ja, ja, ist es denn zu fassen, die hat eine Schneekanone dabei! Ohohoh, hier wird mit harten Bandagen gekämpft. Das wird das Hotel sicher – erlauben Sie mir den Scherz – eiskalt erwischen. Und jetzt dürften es auch nur noch wenige Sekunden bis zum Anpfiff sein, ja, und da geht es auch schon los!

SÄUMIG: So, Leute, Achtung! Fertig! Los!

ERZÄHLER: Es geht los! Otto Säumig, der erste Vorsitzende des Heimatvereins, erhebt sich aus der Deckung, feuert einen respektablen ersten Schneeball in Richtung Fenster, er hat eine der großen Fensterscheiben anvisiert, und … er trifft! Er trifft, die Scheibe geht zu Bruch, oh, da hat aber jemand Steine in seine Schneebälle gedrückt. Hier wird nicht mit sauberen Mitteln gearbeitet. Ein Gast, wohl von dem Glasbruch aufgeschreckt, tritt ins nun – im wahrsten Sinne des Wortes – offene Fenster.

REINHARDS: Das gibt's doch nicht! Nee, das lasse ich nicht auf mir sitzen! Da!

ERZÄHLER: Wenn ich richtig sehe, ist es Reinhard Reinhards. Und er wirft … ja, er wirft mit Erdnüssen zurück. Das wird wenig bringen. Kaum ist er da, trifft ihn auch schon ein Schneeball direkt an der Stirn, Reinhards, er geht zu Boden, Knock-out direkt beim zweiten Wurf, ich denke, das gibt drei Punkte extra für den Heimatverein.

KREYNER: Nein! Nicht mit uns! Dieses Haus hat zwei Weltkriege überlebt! Und es wird auch diese Schneeballschlacht überleben!

ERZÄHLER: Was sehe ich da? Empfangschef Kreyner … er lässt die Rollläden herunter, da hat aber einer die Gefahr erkannt und direkt gehandelt: Bei allen Fenstern an der Vorderfront gehen die Rollläden herunter. Großartig, sauber gemacht, das Hotel bereitet sich auf den Kampf vor. Der Haupteingang öffnet sich nun, und Reto Bühler schaut hinaus und wird gleich von schätzungsweise zwanzig Schneeballgeschossen getroffen. Da wird beidhändig geschmissen, das verstößt gegen die Regeln, aber bitte. Ich greife nicht ein. Doch was macht Bühler? Bühler springt hinter die Tafel mit den Tagesgerichten … stehen hauptsächlich Rösti drauf … und … ja, formt Schneebälle, es wird also eine Retoure geben. Ihm zur Seite jetzt Empfangschef Kreyner, vier Mann aus der Küche kommen hinterm Haus angerannt, sie haben sich alle vorbereitet und schon Schneebälle in der Hand, oder sind es Semmelknödel?! Ja, und sie feuern alles in Richtung Wald. Und ich glaube, es sind sogar alte Rösti unter dem Wurfmaterial. Ein starkes Bombardement, das könnte jetzt die Chance auf den Ausgleich sein, ja, und da ist er auch schon, der Ausgleich!

SÄUMIG: Kämpfen! Wir müssen kämpfen! Gebt alles!

ERZÄHLER: Otto Säumig lugt aus der Deckung hervor, und zack!, Treffer an der Schläfe, er sackt zur Seite.

SÄUMIG: Aua! Verdammt!
APOTHEKERIN: Otto! Steh auf, Mann! Jetzt könnt ihr euch warm anziehen, Freunde!

ERZÄHLER: Jetzt feuert die Frau Apothekerin aus allen Rohren. In die Front des Hotels schlägt Ladung um Ladung aus ihrer Schneekanone ein, die Küchentruppe der »Drei Raben« wird Meter um Meter zurückgedrängt.

MUMMINGER *singt die Marseillaise an*: Allons enfants de la Patrie, le jour de gloire est arrivé!

ERZÄHLER: Jetzt tritt Fiffi Mumminger mutig beherzt auf die Barrikade … Pardon! … Terrasse und mit ihr fasst auch die Küchenbrigade neuen Mut zu einem Gegenangriff.

WAYNE: Oh, darling, das ist crazy.

FRANCES: Crazy!

WAYNE: Fast like in a Freizeitpark!

FRANCES: Yes!

WAYNE: Stell die Coke away, we müssen werfen auf devil come raus.

FRANCES: Yes. But it is a bisschen cold.

ERZÄHLER: Jetzt reiht sich auch das amerikanische Ehepaar in die Verteidigungslinie ein. Ganz cool, möchte ich sagen, denn sie treten hier in Badehose und Bikini an und feuern wie wild Schneebälle ins Dickicht des Waldes.

SCHMACHTERLE: Mist! Da hätte ich ein paar vergammelte Schweinshaxen werfen können. Eine davon richtig an den Kopf und aus ist!

TÖDERLE: Schwätz nicht! Wirf! Und pack dicke Steine in die Schneebälle!

ERZÄHLER: Nun startet der Heimatverein wieder eine neue Angriffswelle, sie bewerfen wieder wie wild das Hotel »Drei Raben« mit ihren steinbeschwerten Schneebällen, aber sie werfen schlecht, das kann ich sagen, sie werfen so schlecht, oh, da ist noch Luft nach oben, das haben wir alles schon mal besser gesehen. Ohohohohoh, da wird Energie sinnlos – ich möchte mal sagen – verballert.

FRIEDRICHSBERG: Jetzt gibt's eine kalte Dusche!

ERZÄHLER: Aber was ist das? Friedrichsberg und seine beiden treuen Freunde haben sich hinter die feindliche Linie geschlichen und sich einer noch versteckten Geheimwaffe der heimatliebenden Sängerknaben bemächtigt. Und es ist? Ja, eine alte Feuerwehrlöschpumpe! Straaten und Dahl pumpen, was die Muskeln hergeben, und Friedrichsberg lässt einen feinen Sprühnebel über die Rücken der Vereinskumpel niedergehen, augenblicklich bildet sich über den Kämpfern eine Eiskruste und lässt sie quasi in der Bewegung einfrieren. Tja, liebe Sportsfreunde, das war's. Das Spiel ist aus, es ist aus, aus! Ich sag da nur: Wer anderen eine Wanne einlässt … Und so erleben wir hier einen in dieser Deutlichkeit überraschenden Sieg der Mannschaft der »Drei Raben«. Aber ich will es einmal mit dem alten Satz des großen Philosophen Sepp Herberger sagen: »Nach der Schneeballschlacht ist vor der Schneeballschlacht.« Und mit diesen wunderschönen Bildern gebe ich zurück in die angeschlossenen Funkhäuser. Ski heil!

22. Türchen

»Nun singet und seid froh«

ERZÄHLER: Auf den Sieg bei der Schneeballschlacht wurde in der Hotelbar fröhlich angestoßen. Die Stimmung unter Gästen und Personal war prächtig. Auch unsere drei Helden ließen sich den Anlass zu ein paar Runden Frischgezapften und Obstlern und Rösti nicht entgehen.

STRAATEN: Sagt mal, was ist eigentlich mit den Spionagesicherheitstannenbäumen der Polizei? Warum haben die nicht eingegriffen?
DAHL: Die stehen da nun schon seit ein paar Tagen.
STRAATEN: Und rühren sich nicht.
FRIEDRICHSBERG: Bei gefühlten minus 15 Grad.
DAHL: Du meinst …?
FRIEDRICHSBERG: Tiefgefroren.

Die drei lachen.

DAHL: Und warum feiert Hoteldirektor Bühler nicht mit?
FRIEDRICHSBERG: So wie es aussieht, hat der noch draußen zu tun!

ERZÄHLER: Und tatsächlich, draußen vor dem Verandafenster des Restaurants näherte sich der Yeti und schleppte eine große, blutige Axt hinter sich her.

Unruhe unter den Gästen, vereinzelt Schreie. »Er kommt auf uns zu! Er will uns töten!«

DAHL: Sagt mal, kommt der gerade von der Arbeit oder geht er erst hin?

FRIEDRICHSBERG: Wer weiß, ob den nicht doch ein gefüllter Schnee-ball ungünstig am Kopf getroffen und sein Oberstübchen durcheinandergebracht hat.
STRAATEN: Du hast recht, Friedrichsberg, am Ende glaubt er wirk-lich, dass er der Yeti ist!

Die drei lachen.

Schreie aus der Ferne.

ERZÄHLER: Wie um ihre Vermutungen zu bestätigen, verfolgte der Yeti nun mit erhobener Axt ein paar zufällige Passanten.

STRAATEN: Aber Moment …
FRIEDRICHSBERG: So wie es aussieht, haben wir keine Zeit zu verlie-ren! Auf! Erlegen wir den falschen Yeti.

ERZÄHLER: Straaten und Dahl zogen sich schnell ihre Schneeanzüge über, Friedrichsbergs Anzug war noch zu nass (der Wassereinsatz bei der Schlacht …), sodass er in ein gut gefüttertes und gepolster-tes Christkindlkostüm schlüpfen musste.
FRIEDRICHSBERG: Sehr witzig!
ERZÄHLER: Psst! So trollten sich die drei Richtung Hinterhof, wo vom Yeti zunächst nichts mehr zu sehen war.

STRAATEN: Und jetzt?
FRIEDRICHSBERG: Da kommt er!
STRAATEN/DAHL *schreien vor Schreck*: Aaaaah, und das sagst du so ruhig?!
FRIEDRICHSBERG: Weglaufen hat bei großen Raubtieren keinen Zweck, denen muss man mutig entgegentreten und sie selbst erschrecken!
STRAATEN: Jetzt bin ich aber gespannt!
FRIEDRICHSBERG *ruhig*: Hallo! Herr Bühler!

ERZÄHLER: Der Yeti stoppte plötzlich und ließ die Axt sinken.

BÜHLER *grunzt mit Stimmverzerrer. –?!*
FRIEDRICHSBERG: Ja, das ist sicher richtig. Wir würden uns gerne mit
    Ihnen unterhalten.

ERZÄHLER: Doch der Yeti schüttelte nur vehement den Kopf, über-
legte kurz, warf die Axt von sich und gab Fersengeld. Die drei setzten ihm sofort nach.

STRAATEN: Er versucht zu fliehen.
FRIEDRICHSBERG: Zwecklos, weit wird er nicht kommen.
STRAATEN: Wir aber auch nicht. Ist durch den Schnee viel zu
    mühsam.

ERZÄHLER: Und so liefen sie, oder stapften eher, taumelten, stolper-
ten, schlichen manchmal, durch die hohen Schneemassen.

FRIEDRICHSBERG: Bleiben Sie stehen! Hat doch alles keinen Zweck
    mehr!
DAHL: Er hört nicht auf dich.
FRIEDRICHSBERG: Das sehe ich selber.
DAHL: Ja, aber … wo will er denn hin?
FRIEDRICHSBERG: Au Backe. Ich habe eine schlimme Befürchtung.
STRAATEN: Welche denn?
FRIEDRICHSBERG: Lies mal da.
STRAATEN: Eiskanal Haselwehr …
DAHL: Er will bei dem Wetter schwimmen gehen?
FRIEDRICHSBERG: Quatsch, der will mit uns Schlitten fahren. Im
    wahrsten Sinne des Wortes!
BEIDE: Was?!

ERZÄHLER: Friedrichsberg sollte recht behalten, hinter dem Hotelpark lag eine, wegen ihrer tödlichen Gefährlichkeit, nie in den
Rennkalender aufgenommene Bobbahn:

Mit einer Länge von 1.734 Metern, 19 Kurven und einem Gefälle von 12,8 % wird diese Bahn im Volksmund nicht umsonst auch »des Todes kalter Nacken« genannt.

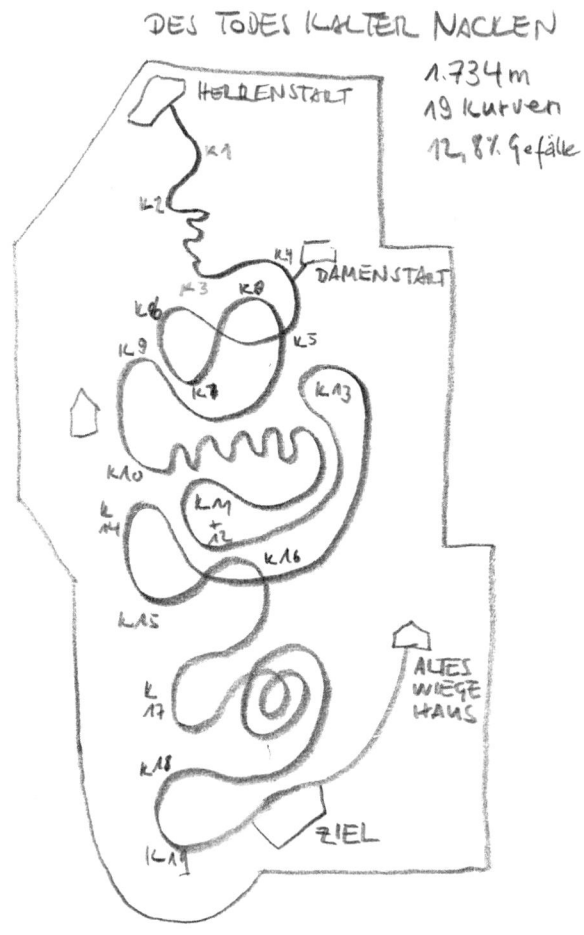

STRAATEN: Was macht denn Bühler da?
FRIEDRICHSBERG: Der besteigt einen Zweierbob.
DAHL: Aber er ist doch allein.

STRAATEN: Ist der lebensmüde?

FRIEDRICHSBERG: Nein, Schweizer Meister.

DAHL: Was?!

FRIEDRICHSBERG: Es hängt eine Urkunde hinter der Rezeption an der Wand.

STRAATEN: Dann entkommt er uns.

FRIEDRICHSBERG: Das wollen wir doch mal sehen. Masse mal Beschleunigung gleich Geschwindigkeit!

DAHL: Also bei der Masse sind wir schon mal deutlich im Vorteil!

STRAATEN: Mir macht eher die Sache mit der Beschleunigung Sorgen.

FRIEDRICHSBERG: Dahl schiebt uns an, dann nehmen wir gleich ordentlich Fahrt auf.

DAHL: Was?!

STRAATEN: Das ist doch lebensgefährlich!

FRIEDRICHSBERG: Da saust die Muffe, was?! Wir schnappen uns den Viererbob! Los!

STRAATEN: Uns bleibt auch nichts erspart.

ERZÄHLER: Die drei kippten den Bob auf die Kufen, schoben ihn in den Eiskanal und sprangen einer nach dem anderen in den Bob. Nicht ganz … Dahl kam ins Straucheln und wurde also hinter dem Bob hergeschleift.

FRIEDRICHSBERG: Los, Jupp, zieh den Bremsklotz hinten rein, sonst holen wir den Schweizer niemals ein!

STRAATEN: Willi, deine Hand … und jetzt ziehen!

DAHL *mit letzter Kraft*: Uff, geschafft!

STRAATEN: Huuuuuu, das wird ja immer … immer schneller!

FRIEDRICHSBERG: Das ist ja auch der Sinn der Sache!

DAHL: Mir ist schlecht!

STRAATEN: Mir auch!

FRIEDRICHSBERG: Ich sitze vorne, tut euch keinen Zwang an.

STRAATEN: Achtung! Linkskurve!

FRIEDRICHSBERG: Ja, doch!

ERZÄHLER: Aber Friedrichsberg korrigierte einen Moment zu spät mit den Lenkseilen, und schon kam der ganze Bob ins Schlingern.

STRAATEN: Uiuiuiuiui …
DAHL: Konzentrier dich, du hast unser Leben in deinen Händen!
FRIEDRICHSBERG: Wieso ich? Ich bin noch nie Bob gefahren!
STRAATEN: Aber du sitzt vorne! Achtung!

ERZÄHLER: Rechtskurve, diesmal besser reagiert, weniger Schlingern.

FRIEDRICHSBERG: Jaaaa! Wir holen langsam auf … *brüllt in den Fahrtwind* Bühler, wir kommen!
STRAATEN: Und was dann? Überholen können wir ihn nicht!
FRIEDRICHSBERG: Weiß noch nicht! Aber gleich sind wir dran.
DAHL: Achtung! Wir rammen ihn!

Rumms!

FRIEDRICHSBERG *brüllt in den Fahrtwind*: Geben Sie auf, Bühler!
BÜHLER *brüllt*: Niemals!
STRAATEN: Achtung! Links-rechts-Kurve.
ALLE DREI: Aaaaahhhh, ooooohhhh …
STRAATEN: Gut gemacht.
FRIEDRICHSBERG: Wir müssen an ihm dranbleiben.
STRAATEN: Und jetzt …

Rumms!

FRIEDRICHSBERG *brüllt in den Fahrtwind*: Da sind wir wieder, Bühler!

Rumms!

STRAATEN: Aber wie können wir ihn stellen?
ERZÄHLER: Wenn ich mich kurz einmischen darf?
FRIEDRICHSBERG: Bitte!

ERZÄHLER: Ich würde ihn so rammen, dass er bei der nächsten Kurve da hinten rausfliegt.

FRIEDRICHSBERG: Gute Idee. Vielen Dank.

ERZÄHLER: Da nicht für.

STRAATEN: Achtung! Gleich werden wir ihn touchieren!

FRIEDRICHSBERG: In 4-3-2-1, jetzt!

Rumms!

ERZÄHLER: Der Vierer- rammte solcherart den Zweierbob, dass der hoch aus der scharfen Linkskurve getragen und wie über eine Abschussrampe aus der Bahn katapultiert wurde.

BÜHLER: Aaaaaaaaaaaaaaaaaahhhhhhh!

FRIEDRICHSBERG: Da fliegt er.

STRAATEN: Und wir?

FRIEDRICHSBERG: Müssen das … irgendwie … irgendwie … auch … zu Ende bringen.

STRAATEN: Was gleich … der Fall sein … wird.

FRIEDRICHSBERG: Aber da kommt noch eine Kurve!

DAHL: Das wird eeeeeeeeeeeeeng!

STRAATEN: Oooohhh, die hat's in sich!

FRIEDRICHSBERG: Achtung!

ALLE DREI: Aaaaaaahhhhh!

ERZÄHLER: Und so schoss auch der Viererbob ebenfalls wie eine Rakete aus der Kurve, aber ihr himmlischer Flug wurde bald unsanft vom Wipfel einer Tanne gebremst.

ALLE DREI: Umpf!

23. Türchen

»Yeti, lieber Yeti mein«

ERZÄHLER: Es dauerte eine ganze Weile, ehe die drei wieder zu sich kamen.

FRIEDRICHSBERG: Geht's euch gut?

DAHL: Ja, ja.

STRAATEN: Den Umständen entsprechend.

DAHL: Und … äh … wo … wo steckt Bühler?

STRAATEN: Oh Gott, ist das hoch!

FRIEDRICHSBERG: Schaut mal da drüben! Sechs oder sieben Tannen weiter, da im Wipfel, da steckt sein Zweierbob.

STRAATEN: Aber der ist leer. Wo ist er hin?

DAHL: Der ist weg.

STRAATEN: Wie ist der denn da raus- und runtergekommen?

DAHL: Keine Ahnung. Vielleicht ist er gefallen?

FRIEDRICHSBERG: Das sind an die acht Meter!

STRAATEN: Und wo ist er jetzt?

FRIEDRICHSBERG: Ah, schaut mal, da unten!

STRAATEN: In dem blöden weißen Yeti-Kostüm kann man ihn im Schnee kaum erkennen.

DAHL: Herr Bühler, huhu!

STRAATEN: Hier oben sind wir!

FRIEDRICHSBERG: Da sind Sie jetzt sprachlos, wir bleiben Ihnen hartnäckig auf den Fersen, jede weitere Flucht ist zwecklos!

Der Yeti grunzt nur tief.

FRIEDRICHSBERG: Mit vollem Mund spricht man nicht! So kann Sie doch keiner verstehen!

Grunzen.

STRAATEN: Vielleicht hat er ja beim Aufprall seine Zähne verloren.

DAHL: Wär auch 'ne Möglichkeit.

FRIEDRICHSBERG: Kommen Sie, ziehen Sie die Yeti-Kappe ab. Genug mit dem Mummenschanz!

DAHL: Sieht eigentlich ziemlich doll aus, der Pelz. Aus der Entfernung würd' man nicht drauf kommen, dass das ein Kostüm ist.

FRIEDRICHSBERG: Ich rufe jetzt mit dem Handy die Polizei und dann können Sie denen alles erzählen.

Grunzen.

STRAATEN: Na, da müssen Sie dann aber deutlicher sprechen, sonst sitzen Sie noch nächste Woche da!

FRIEDRICHSBERG: Das wird der sowieso, so schnell lassen die den da sicher nicht wieder gehen!

Grunzen.

DAHL: Also, wie man sich so verweigern kann!

STRAATEN: Musst du gerade sagen.

FRIEDRICHSBERG: Komisch, war der Bühler immer so groß? Der misst doch bestimmt an die drei Meter.

Grunzen.

STRAATEN: Freunde …

DAHL: Äh … ja?

STRAATEN: Schaut mal da unten. Am Baum. Wer da liegt.

DAHL: Das … das ist ja Bühler!

FRIEDRICHSBERG: Hmhm …

STRAATEN: Aber wenn das da Bühler ist, wer ist denn dann …?

Grunzen.

ERZÄHLER: Der riesenhafte Schneemensch drehte sich ganz langsam um und sah in Richtung unserer drei Bobpiloten.

STRAATEN: Blinzelt der uns zu?
FRIEDRICHSBERG: Vielleicht hat er nur was ins Auge gekriegt?

ERZÄHLER: Wie dem auch sei, jedenfalls wendete sich das riesenhafte Schneewesen wieder dem bewusstlosen Hoteldirektor zu, packte ihn am Fuß und zog ihn hinter sich her durchs waldige Dickicht in die sagenhafte Dunkelheit des Schwarzwalds.

STRAATEN: War das jetzt der echte Yeti?
FRIEDRICHSBERG: Sieht so aus.
DAHL: Oh wei, oh wei, oh wei …
STRAATEN: Der Yeti wird ihn in seine Höhle verschleppen!
FRIEDRICHSBERG: Leiche on the rocks.
DAHL: Was für ein kalter Weihnachtsfall.
FRIEDRICHSBERG *setzt Zigarre in Brand*: Da sagst du was!
STRAATEN: Friedrichsberg, was machst du denn jetzt?
FRIEDRICHSBERG: Ich mach's mir ein bisschen gemütlich, paffe und mache mit meinen Rauchzeichen SOS.
STRAATEN: Ob wir Heiligabend zu Hause sein werden?
DAHL: Hab sowieso keine Geschenke.
FRIEDRICHSBERG: Die Weihnachtsbäume stehen zumindest, schneebedeckt. Und ich hab hier in meiner Jackentasche noch ein altes Rätselheft.
STRAATEN: Na und?
FRIEDRICHSBERG: Das zerreiße ich jetzt in lange Schnipsel und werfe sie in die Äste.
DAHL: Ah, fast wie …
STRAATEN: Wenn wir hier sterben sollten, dann hätten wir wenigstens einen schönen …
ALLE: … Tod unter Lametta.

Alle lachen.

24. Türchen

»In der Weihnachtsbäckerei«

ERZÄHLER: So viel kann ich Ihnen verraten: Die drei wurden gerettet. Der Wärter der Bobbahn vermisste zwei Bobs im Starthäuschen, machte sich auf die Suche und fand sie in zwei Tannenwipfeln neben dem Eiskanal – einen davon noch mit drei älteren Herren befüllt. Zum zweiten Mal musste die Bergrettung ausrücken, um unsere kleine Rätselreisegruppe zu befreien.

FRIEDRICHSBERG: Man, hab ich einen Kohldampf!

ERZÄHLER: Aber das Hotelrestaurant war zu der späten Stunde schon gewienert und verwaist. Also halfen sich Friedrichsberg, Straaten und Dahl selbst, drangen heimlich in die Hotelküche ein und bedienten sich am Restaurantkühlschrank.

FRIEDRICHSBERG *mit vollem Mund*: Hier, langt zu, wenn ein paar Rösti fehlen, fällt das bestimmt keinem auf!
DAHL *ebenfalls mit vollem Mund:* Wenigstens verbrennt man sich nicht den Mund an ihnen.
STRAATEN *auch mit vollem Mund*: Hätte nie gedacht, wie ich mich nach vier Wochen Rösti über ein kaltes Rösti freuen würde.
DAHL: Aber sag mal, Friedrichsberg, hast du nicht bei dem Italiener im Keller gesagt, wenn man das Geheimrezept verstecken wollte, sollte man es am besten unter Rezepten verstecken?
FRIEDRICHSBERG: Ja, warum?
DAHL: Hier ist ein Regal mit Kochbüchern aus allen Jahrhunderten.
STRAATEN: Dann lasst uns die doch mal durchblättern, vielleicht haben wir ja zufällig Glück.

Blättern durch die Bücher.

DAHL: Schaut mal, hier ist eine lustige Rezeptsammlung für Henkersmahlzeiten.

FRIEDRICHSBERG: Ist interessant, aber nicht das, was wir suchen!

DAHL: Stimmt.

ERZÄHLER: Zwei Stunden stöberten unsere drei Freunde durch die Kochbücher. Hatten eins nach dem anderen durchgeblättert und wollten schon aufgeben, als …

FRIEDRICHSBERG: Stopp, stopp, stopp, was kommt denn da rausgeflogen?

STRAATEN: Ein kleiner Pergamentschnipsel.

DAHL: Gemustert?

FRIEDRICHSBERG: Nein, da steht was drauf.

STRAATEN: Das ist so blass, ich kann's kaum lesen.

FRIEDRICHSBERG: Das ist Hebräisch … oder Aramäisch.

STRAATEN: Warst du nicht auf einem altsprachlichen Gymnasium?

FRIEDRICHSBERG: Großes Latinum, Graecum und Hebraicum.

STRAATEN: Na also. Was steht da?

FRIEDRICHSBERG: Na, warte mal … das … tja … hm … da steht… Moment… Qamho… also Mehl … Shakar … Zucker, eine Prise Melho … Salz, Bece … 5 Eier, Halbo … Milch, gehackte Lus, das sind Mandeln, das hier müsste … Dahbo … eine Prise Goldstaub, Afshoto … Korinthen … einwandfrei. Männer, das ist ein Plätzchenrezept!

STRAATEN: Auf Pergamentpapier.

DAHL: Nein, auf Aramäisch.

FRIEDRICHSBERG: Ja, ja. Und der Name dieser Plätzchen ist … »Der Geist der Weihnacht«. Und … das ist ja unglaublich!

DAHL: Ja, was denn?

FRIEDRICHSBERG: Da stehen noch ein paar persönliche Notizen drauf. Das scheint ein Rezept zu sein, das aus der Familie der Eltern von …

STRAATEN: Von was?

FRIEDRICHSBERG: Von wem?

STRAATEN: Ach, von mir aus.

DAHL: Von wem denn nun?

FRIEDRICHSBERG: … vom Heiland ist. Also mütterlicherseits. Und das Rezept hier ist abhanden gekommen auf der Flucht vor der Volkszählung seinerzeit.

DAHL: Du hältst uns doch zum Narren!

STRAATEN: Das ist doch Blasphemie!

FRIEDRICHSBERG: Nein, ein Plätzchenrezept. Und eine Sensation. Da werden viele Kleriker, Historiker, ja, natürlich auch ein paar Bäcker begierig hinterher sein.

STRAATEN: So. Dann lass es uns jetzt ganz vorsichtig rübertragen zu dem Tisch da vorne.

DAHL: Vorsicht!

FRIEDRICHSBERG: Ja doch, ja doch, ja doch, ja doch.

STRAATEN: Vorsicht!

DAHL: Nicht, dass es jetzt …

FRIEDRICHSBERG: Oh. Oh! Ohohohohoho …

DAHL: Ohgottogottogottogott.

STRAATEN: Das gibt's doch nicht!

DAHL: Du Trottel!

STRAATEN: Jetzt ist das brüchige Papier in tausend Stücke zerfallen.

FRIEDRICHSBERG *untröstlich*: Es ist mir einfach zwischen den Fingern zerbröselt.

DAHL: Für alle Zeit zerstört.

FRIEDRICHSBERG: Hach, jawohl.

DAHL: Wie schrecklich!

STRAATEN: Nun, es hat ja außer uns keiner gesehen.

DAHL: Kommt, breiten wir den Mantel des Schweigens darüber.

FRIEDRICHSBERG: Hm … äh … hehehehe …

STRAATEN: Was denn?

DAHL: Ja, was grinst du denn so blöde?

FRIEDRICHSBERG: Das Pergamentpapier ist zwar fratze, aber … ich hab mir das Rezept merken können.

DAHL: Nein!

FRIEDRICHSBERG: Ja!

STRAATEN: Friedrichsberg, du bist einfach unglaublich.

DAHL: Und jetzt?

FRIEDRICHSBERG: Heute ist Heiligabend. Aber wenn wir wieder zu Hause sind, geht's in die Weihnachtbäckerei.

STRAATEN: Du willst die Plätzchen nachbacken?

FRIEDRICHSBERG: Na, selbstverständlich. Mehr noch: Wir könnten damit in Produktion gehen.

STRAATEN: Hört denn Weihnachten gar nicht mehr auf?

DAHL: Nee, nach dem Fest ist vor dem Fest!

FRIEDRICHSBERG: Also dann: Schöne Weihnachten!

Alle lachen.

Nachspiel

NACHRICHTENSPRECHERIN: Schwadermannsfelden. Unglaubliche Sensation: Drei Rentner haben sich zusammengetan, um nach einem geheimen Rezept Plätzchen zu backen. Die Menschen auf der ganzen Welt reißen ihnen förmlich die Backware aus den Händen, schmecken diese sensationellen Plätzchen doch nach Manna und sollen angeblich Erleuchtung bringen. Auf diese Weise sind die drei Herren innerhalb weniger Wochen zu Millionären geworden. Ein kleines Weihnachtswunder. Und nun ein paar Takte Musik …

Dank

Immer wieder bin ich gefragt worden, ob es die Hörspieltexte nicht auch zum Lesen gäbe.

Mit diesem Buch liegen sie zum Teil vor.

Dafür möchte ich mich bei Jutta und Susanne Nagels vom Mercator-Verlag bedanken, die dieses Buch möglich gemacht haben.

Auch möchte ich mich bei Uta Maria Heim und Ekkehard Skoruppa vom SWR bedanken, die diese Hörspielreihe möglich machen und dramaturgisch begleiten.

Dass die Hörspiele so klingen, wie sie klingen, ist vor allen Dingen – neben meiner Wenigkeit – drei wunderbaren Menschen zu verdanken: Annette Frier, Jochen Malmsheimer und Bastian Pastewka, die den ganzen Figuren und Typen auf unnachahmliche Weise Leben einhauchen. Es ist jedes Mal eine unglaubliche Freude, mit den dreien zusammenzuarbeiten und zu sehen, wie sie die ganze Geschichte gestalten und spielen. Dank! Dank! Dank! Immer wieder Dank!

Das Ganze klangtechnisch zusammenbauen tut der fabelhafte Peter Harrsch, ein Meister am Mischpult. Danke dir!

Dass wir und die Geschichten so klingen wie sie klingen und dass alles so ist wie es, das ist einem unglaublichem Mann geschuldet: Leonhard Koppelmann. Koppelmann, der uns und die Geschichten auf unfassbare Weise inszeniert. (Bevor ich ihn zum ersten Mal traf, dachte ich, dass das doch ein alter, gebeugter Mann sein muss, so viele und so tolle Hörspiele, wie er bis dahin schon gemacht hatte. Irrtum. Es kam ein quirliger, offener Mann auf mich zu, der nur ein bisschen älter ist als ich. Eine Verblüffung, was der alles macht und kann.) Dieser Mann kann unter anderem Umberto Eco, T. C. Boyle, Jules Verne, Kurt Vonnegut, Max Frisch und Thomas Mann. Und mich. Das macht mich stolz und es ehrt mich sehr! Ich danke dir für die tollen Bearbeitungen meiner Bücher! Und für die einzigartigen Umsetzungen zu den Hörspielen! Danke!

Meinen beiden Freunden Henning Venske (der in einigen Krimihörspielen um Alfons Friedrichsberg den Erzähler gegeben hat) und Jochen Busse (der in diesen Hörspielen immer der Jupp Straaten war) möchte ich auch ganz herzlich dafür danken, dass sie mir immer wieder beratend zur Seite stehen. Und dass ich mit ihnen auch mit unseren »Tod unter Gurken«-Krimi-Kabarett-Lesungsprogrammen oft auf Tour sein durfte. Danke euch!

Im ersten Hörspiel (»Leichenpuzzle«) wurde Alfons Friedrichsberg gespielt von dem großen Traugott Buhre (angefragt hatte ich für dieses Hörspiel Gert Haucke, der leider kurz vor den Aufnahmen verstarb), in den darauffolgenden Hörspielen von dem ebenfalls großen Hans Korte. Ich möchte auf diesem Wege auch den drei großen Schauspielern danken, die auf ihre Weise an den Hörspielprojekten mitgewirkt und die Figur Friedrichsberg mitgeprägt haben. Ich danke euch sehr für diese Zusammenarbeit!

Ich danke auch sehr Heiko Sakurai, einem tollen Zeichner und Karikaturisten, der Alfons Friedrichsberg ein visuelles Gesicht gegeben hat und von dem ich die Erlaubnis habe, für dieses Buch seine Ideen übernehmen zu dürfen.

Und ganz besonders danken möchte ich meinen Eltern Gerda und Ralf Sting und meiner Frau Annette und unserer Tochter Lotta, die mich so wunderbar in meinem Tun unterstützen, mir den Rücken frei halten und meine Fantasie beflügeln.

Ohne euch würde es das alles gar nicht geben.
Tausend Dank für alles!